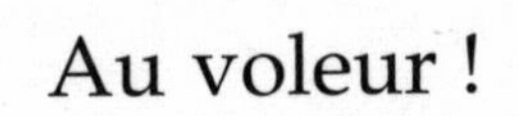

Au voleur !

Carol Higgins Clark

Au voleur !

Une enquête de Regan Reilly

ROMAN

Traduit de l'américain
par Michel Ganstel

Albin Michel

À Roz Lippel
mon éditrice et amie,
pour célébrer le 13e livre
sur lequel nous avons travaillé ensemble.
Avec toute mon affection.

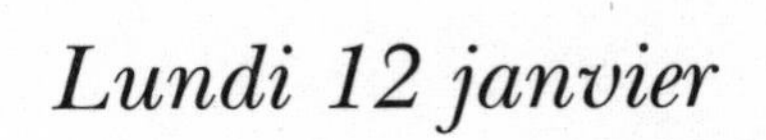
Lundi 12 janvier

1

Des flocons de neige mêlée de grésil tournoyaient en tous sens lorsque Regan Reilly engagea sa voiture à Manhattan sur le pont de la 59e Rue en direction de Long Island City. Ce n'était sans doute pas la journée idéale pour réaliser l'ambitieux projet de déménager ses vieux dossiers dans un local de stockage, pensait-elle. Le début de la matinée avait été froid et gris sous un ciel menaçant et la météo prévoyait ensuite ce que les présentateurs aimaient qualifier de « cocktail hivernal ». Il n'était pas midi et la tempête était déjà arrivée. Un temps à rester blotti chez soi avec une tasse de thé ou un bol de chocolat bien chaud. Regan était pourtant fière d'avoir eu le courage d'aller jusque-là.

Depuis qu'elle avait déménagé de Los Angeles pour épouser Jack « simple homonyme » Reilly, chef de la brigade spéciale de la police de New York, sa mère Nora n'avait cessé de lui demander, toujours gentiment mais de plus en plus souvent, ce qu'elle comptait faire de tout le fatras qu'elle avait entassé dans le garage de ses parents.

– Maintenant que le mauvais temps nous tombe dessus, lui avait dit Nora quelques jours plus tôt, nous voudrions bien pouvoir garer nos deux voitures à l'abri.

– D'accord, maman, je vais m'en occuper, avait répondu Regan, quelque peu accablée, se demandant ce qu'elle pourrait bien faire des vestiges de sa vie à Los Angeles.

Détective privée, Regan avait encore la nostalgie du petit bureau qu'elle louait dans un vieil immeuble de Hollywood. Quand elle y était entrée pour la première fois, il lui avait rappelé celui de New York, dans la 57e Rue Ouest, où avait travaillé sa grand-mère. Carrelage en damier noir et blanc d'origine, couloirs lambrissés de bois sombre, portes aux épais panneaux en verre dépoli, il y régnait une ambiance d'un autre âge. L'odeur même en était familière et accueillante. D'emblée, Regan avait été fascinée. Elle sentait que ces vieux murs abritaient encore les histoires et les secrets de ceux qui y avaient travaillé au fil des ans. De son ascendance irlandaise, partie intégrante de son patrimoine génétique, elle tenait son attrait pour les contes et les légendes. C'est en souvenir de sa grand-mère qu'elle avait signé le bail et elle ne l'avait jamais regretté depuis.

Mais une fois le moment venu de tout quitter pour le plus merveilleux changement dans le cours de sa vie, elle n'avait pas eu le cœur de se séparer de son vieux bureau couvert de balafres, de son lampadaire, unique par sa bizarrerie, déniché au vide-grenier d'une vieille propriété de Beverly Hills, ni de ses classeurs vermoulus, abandonnés par le précédent locataire du local. Ils gardaient pour elle un certain charme et évoqueraient toujours le souvenir de ses laborieux débuts dans sa profession. Entre autres objets, elle avait aussi gardé le thermos qu'elle apportait rempli de café tous les matins à son bureau. Rien de tout cela n'avais sa place dans le loft de TriBeCa que Regan et Jack venaient de rénover. Elle y disposait d'une pièce équipée d'un bureau en merisier, fabriqué sur mesure, et de rayons de bibliothèque assortis couvrant les murs du sol au plafond, mais délaisser ces témoins du passé était impensable. Ils étaient pour elle comme de vieux amis.

– Nous pourrions peut-être transformer la chambre d'amis à l'étage en réplique de ton ancien bureau californien, avait plaisanté Luke, son père, propriétaire de trois funérariums. Si un jour tu devenais présidente des États-Unis, cette pièce deviendrait un musée et nous ferions payer les entrées.

– Que tu me croies ou non, papa, j'ai un côté sentimental.

– Les frères Collyer aussi.

Luke faisait allusion à une affaire ayant défrayé la chronique en son temps. Les deux frères Collyer, qui habitaient un vieil hôtel particulier de la 5e Avenue, s'étaient rendus célèbres après leur mort, en 1947, par leur incapacité pathologique à jeter quoi que ce soit. Sur un coup de téléphone anonyme signalant que des odeurs de cadavre émanaient de la maison, la police essaya d'y pénétrer par l'entrée principale, mais celle-ci était rendue impraticable par un véritable mur de vieux journaux, de boîtes vides et autres déchets, tels qu'on en trouve entassés sur le trottoir pour être emportés vers la décharge la plus proche. Un agent, parvenu à s'introduire par une fenêtre de l'étage, découvrit le corps sans vie de Homer Collyer. Son frère Langley, introuvable, fut présumé avoir quitté la ville. Ce ne fut qu'au bout de quinze jours, après avoir dégagé plus de cent tonnes de détritus, que les autorités découvrirent le corps dudit Langley à quelques pas de celui de son frère, enfoui sous un amas de vieux journaux. Depuis, toute allusion aux frères Collyer évoquait le comble du fouillis. Le syndrome d'un trouble mental porte même leur nom.

Regan n'avait pas relevé la raillerie de son père.

– Jack et moi vivons en ville, nous n'avons pas de cave ni de grenier. Je n'ai aucun endroit où mettre toutes ces affaires.

– Dieu merci, avait commenté Jack.

À présent, ils étaient absents tous les trois. Les parents de Regan séjournaient à Palm Beach, en Floride, et Jack était parti la veille à Miami pour participer à un séminaire sur le maintien de l'ordre. Je leur montrerai de quoi je suis capable, s'était dit Regan ce matin de bonne heure. Elle n'avait pas bien dormi cette nuit-là, la première qu'elle passait sans Jack depuis leur mariage. Curieux comme on change, avait-elle pensé. Jusqu'à trente et un ans, j'étais célibataire et accoutumée à être seule. Depuis que je vis avec Jack, je me sens perdue quand il n'est pas près de moi. Il est vraiment facile de prendre goût aux bonnes choses.

Au bout du pont, Regan tourna à gauche sur Northern Boulevard et s'arrêta au feu rouge. Elle avait déjà suivi cet itinéraire trois heures auparavant, après avoir consulté les Pages jaunes et s'être renseignée par téléphone auprès de plusieurs garde-meubles. Celui qui s'appelait Store your Stuff proposait un tarif spécial sur la location d'un espace disponible climatisé dont les dimensions lui convenaient parfaitement. Regan était aussitôt allée vérifier sur place, avait signé les formulaires d'usage et laissé ses empreintes digitales.

– Nous ne voulons pas faire affaire avec des plaisantins qui veulent jouer à cache-cache, lui avait dit l'employé en souriant. On tombe quelquefois sur des énergumènes qui espèrent profiter de nos espaces pour abriter des marchandises d'origine illicite.

– Je m'en doute, avait répondu Regan en se disant qu'elle devrait peut-être leur donner sa carte de visite professionnelle.

Elle s'était ensuite rendue chez ses parents dans le New Jersey, avait chargé sa voitures de caisses et de dossiers et repris le chemin de New York. Le lendemain, elle pourrait louer une camionnette et chercher quelqu'un pour l'aider à transporter les objets encombrants, comme le vieux bureau et le lampadaire. Sa mère serait stupéfaite quand elle reviendrait de Floride !

Regan redémarra au feu vert et longea une rangée de bâtiments industriels. Une rame de métro la dépassa sur la voie surplombant la chaussée. Quelques rues plus loin, la grande enseigne de l'entrepôt de Store your Stuff lui fit signe. Nous y voilà, se dit Regan en tournant dans une impasse qui s'ouvrait au pied de l'enseigne. Elle se gara en marche arrière à l'aplomb du quai de chargement, approcha un chariot du coffre de sa voiture et entreprit d'y transférer ses dossiers. Cette tâche terminée, elle alla se garer dans l'impasse afin de laisser la place à une éventuelle victime du syndrome des frères Collyer qui en aurait besoin pour décharger les vieilleries dont il ne voudrait pas se séparer. Vingt minutes plus tard, ayant fini de disposer sa précieuse cargaison sur le plancher du box dont elle était désormais locataire en titre, Regan en ferma la porte avec un cadenas flambant neuf et ressortit dans le froid et les frimas.

Ainsi s'envolent cent dollars par mois, se dit-elle en recevant en plein visage une gifle glaciale de ce qui méritait à coup sûr le qualificatif de « cocktail hivernal ». Elle prit ses clefs dans sa poche et se hâta de regagner sa voiture. Son téléphone sonna alors qu'elle ouvrait la portière. Elle plongea à nouveau la main dans sa poche, empoigna l'appareil et jeta un coup d'œil au numéro du correspondant apparu sur l'écran. D'après l'indicatif, elle constata que l'appel venait de Los Angeles.

Regan se laissa tomber avec soulagement sur son siège et mit le contact :

– Allô ? répondit-elle.

– Regan, c'est Abigail !

– Abigail ! Comment vas-tu ?

C'était une question que Regan avait presque peur de lui poser. Abigail Feeney, son ancienne voisine, avait emménagé dans l'appartement en face du sien dans un immeuble des collines de Hollywood, peu avant le départ de Regan pour New York. Coiffeuse professionnelle pour le cinéma et la télévision, Abigail était persuadée d'être frappée d'une malédiction depuis sa naissance. Non seulement elle était née un vendredi 13, mais ses parents lui avaient donné par inadvertance un prénom qui, combiné à son nom de famille, comportait treize lettres. Dans l'esprit d'Abigail, c'était déjà un mauvais départ. Depuis, elle avait eu son lot de malchances, y compris celui de se casser la jambe juste avant une excursion avec sa classe, la cérémonie de remise des diplômes de fin d'étude et toutes les sorties à la plage. Elle avait aussi attrapé la varicelle juste avant son premier bal. Devenue adulte, elle avait eu plus de chagrins d'amour et de déceptions qu'elle ne souhaitait en dénombrer. Juste avant le départ de Regan pour New York, elle avait fait la connaissance d'un garçon qui lui plaisait beaucoup – mais dont Regan s'était instinctivement méfiée.

Or, en octobre, Abigail avait téléphoné à Regan pour lui apprendre que son bon ami, Cody, avait disparu peu de temps après qu'elle lui eut prêté cent mille dollars.

– Il m'a signé une reconnaissance de dettes, Regan, spécifiant qu'il me rembourserait dans trois mois. Et puis, une semaine plus tard, je suis rentrée chez moi après mon travail et j'ai trouvé un mot de lui disant qu'il devait s'absenter quelques jours mais qu'il m'appellerait. Cela date d'il y a cinq jours et, depuis, pas le moindre appel ! Il ne répond même pas aux messages que je laisse sur son portable !

– S'il s'est engagé à te rembourser dans trois mois, tu ne peux encore rien faire, lui avait dit Regan.

En novembre, Abigail avait appelé Regan en lui disant qu'elle avait été blessée sur un plateau de tournage. Une partie d'échafaudage lui était tombé dessus, l'avait jetée à terre et elle s'était cassé le bras en deux endroits.

– Tu ne le croiras pas, Regan ! J'ai dû me faire opérer, on m'a mis des broches dans le bras. Évidemment, je ne peux pas travailler, mais la société de production fait comme si l'accident était en partie de ma faute ! Il va falloir que je prenne un avocat. En plus, j'ai encore essayé de joindre qui tu sais et son numéro de portable n'est plus attribué.

Cela se passait l'année précédente. Regan avait appelé Abigail pendant les fêtes, mais son téléphone était lui aussi coupé et Regan ne connaissait pas son numéro de portable. Elle se prépara donc à subir un nouveau choc en réponse à sa question sur la santé d'Abigail.

– Écoute, Regan ! Le moins-que-rien a été repéré dans le centre de Los Angeles ! J'ai désespérément, je dis bien désespérément besoin de l'argent qu'il me doit. Sa reconnaissance de dettes expire demain, le 13 janvier, qui se trouve être la date de mon anniversaire. Peux-tu venir ici m'aider à le retrouver et lui mettre la main dessus ?

Regan n'eut pas besoin qu'Abigail lui précise l'identité du « moins-que-rien ». Elle se souvenait d'avoir vu de l'appartement d'Abigail Cody Castle, le prétendu producteur, assis près de la piscine, concentré sur le clavier de son portable, en train d'envoyer des messages en série. Plutôt beau garçon et le sachant, il était trop imbu de lui-même au goût de Regan. Il lui avait déplu et elle était sûre qu'il n'éprouvait pas davantage de sympathie pour elle.

– Le retrouver ? répéta Regan sans conviction, tandis qu'une bouffée d'air glacial entrait par la ventilation du tableau de bord.

– Oui ! Il faut au moins que j'essaie. Je ne t'ai pas dit d'où viennent les cent mille dollars que je lui ai prêtés.

Regan fronça les sourcils en voyant apparaître la vision d'usuriers menaçants.

– D'où tenais-tu cette somme, Abigail ?

– De ma grand-mère.

– De ta grand-mère ?

– Oui. Depuis mes dix-huit ans, elle mettait dix mille dollars par an sur un compte épargne à mon nom. Elle voulait que cet argent serve le moment venu à payer l'acompte sur l'achat d'une maison ou d'un appartement. C'était d'ailleurs bien mon intention. Mais elle m'a appelée l'autre jour en me disant que mon accident et ma rupture d'avec Cody lui faisaient beaucoup de peine. Elle a donc décidé de venir ici et de descendre chez son amie Margaret, qui a un appartement dans Kings Road à West Hollywood. Son amie veut le vendre et s'il plaît à ma grand-mère, elle compte l'acheter pour moi. En payant cash ! Et l'acompte en liquide est censé inclure les cent mille dollars ! Si jamais elle découvre que j'ai prêté cet argent qu'elle a économisé sou par sou depuis dix ans, et je dis bien sou par sou, elle me tuera !

Tout compte fait, se dit Regan, un usurier ne serait peut-être pas pire…

– Quand arrive-t-elle ?

– Demain, pour mon anniversaire ! Elle prend un vol direct de l'Indiana. J'ai essayé de gagner du temps, mais elle avait déjà retenu son billet. Il faut que je trouve ce type, Regan ! Il faut qu'il me rende mon argent !

Regan avait les pieds gelés, le nez rouge et Jack était loin. Abigail avait été plus que gentille, quand elle avait eu la grippe l'hiver précédent, en lui apportant tous les jours de son délicieux bouillon de poulet. Regan pensa à sa propre grand-mère qui avait travaillé dur toute sa vie. Je n'aurais jamais eu le courage de l'affronter si j'avais prêté cent mille de ses dollars à un vaurien comme ce Cody.

– D'accord, Abigail, je rentre chez moi et je consulte les compagnies aériennes. Il fait un temps exécrable, mais j'espère trouver quand même un vol cette nuit.

– Merci, Regan ! Tu ne le regretteras pas, tu sais. Ici, il fait vingt-cinq degrés.

– J'ai hâte d'en profiter. Oh ! Au fait, Abigail, j'ai essayé de t'appeler en décembre, mais ta ligne de téléphone était coupée.

– Encore un désastre ! La propriétaire de mon appartement est revenue de ses aventures au-delà des mers et m'a donné congé avec les trente jours de préavis de rigueur. Malgré mon bras cassé, il a fallu que je boucle mes valises et que je vide les lieux avant Noël ! La plus grande partie de mes affaires est encore au garde-meuble.

Regan cligna des yeux. Abigail et moi aurons beaucoup de choses à nous raconter, pensa-t-elle.

– Où es-tu maintenant ? demanda-t-elle. Pourrons-nous loger ensemble ?

– Je m'occupe de trois maisons dont les propriétaires sont en voyage. Je suis surtout chargée d'arroser les plantes et de ramasser le courrier. Mais ne t'inquiète pas, tu auras de quoi te coucher.

Cela promet, pensa Regan. J'aurais dû mieux apprécier mon lit solitaire de la nuit dernière.

– Tant mieux, Abigail.

– Parfait, Regan. Appelle-moi quand tu auras réservé ton vol. Tu n'as pas idée de ce que cela représente pour moi.

2

À vingt-six ans, Cody Castle avait subi tant de vicissitudes au cours des trois derniers mois qu'il croyait que plus rien ne pourrait le secouer à ce point. Il se trompait. Étendu sur un lit *king-size* dans un loft du centre de Los Angeles, les yeux au plafond, le cœur battant à tout rompre, il était en proie à la panique. Il avait encore peine à croire que Lois, l'exaspérante amie d'Abigail, l'ait repéré. Et dans un pareil endroit ! Qui aurait pu imaginer qu'elle serait un dimanche soir dans un bar de quartier en plein centre de Los Angeles ? Dans ses derniers souvenirs, elle habitait du côté de la plage.

Il avait déjà connu des cinglées et cette Lois en était bien une ! Le soir de sa rencontre avec Abigail, Lois et elle étaient perchées sur des tabourets au bar d'un petit club de West Hollywood. À peine entré, il avait tout de suite été attiré par Abigail. Elle était jolie et avait un look irrésistible, avec ses longs cheveux bruns aux mèches effilées, sa jupe et ses bottes noires, ses ongles laqués noir et ses yeux noirs qui contrastaient avec son teint clair. Cody avait envie de lui parler, mais il savait qu'il devrait aussi supporter la compagnie de son amie, qui portait de longs gants rouges lui montant jusqu'aux biceps. Bah ! se dit-il en engageant la conversation, on est à West Hollywood.

Lois s'y mêla aussitôt, en expliquant avec un luxe de détails comment un agent avait remarqué la beauté de ses mains et procuré un engagement pour les exhiber dans un spot publicitaire. Elle avait touché un bon cachet et, puisque que ses « pattes » avaient maintenant du succès, elle avait décidé de ne jamais plus les exposer à la lumière du jour. Le soleil sur les épaules, c'est bien, mais sur les mains il risque de produire des taches de son. Aussi elle porterait toujours des gants en public, ne serrerait plus jamais la main de personne et le temps des corvées de vaisselle ou de vider les poubelles était désormais révolu.

Cette fille est dingue, avait pensé Cody.

– J'en suis jalouse, avait dit Abigail en riant avec bonne humeur. Je suis coiffeuse. Pas question de dorloter ces mains-là avec des gants de peau, avait-elle ajouté en les montrant.

Cody s'était empressé de les saisir.

– Je trouve vos mains ravissantes, avait-il dit sur un ton de séducteur en s'attirant un regard incendiaire de Lois. Je peux vous offrir un verre ?

Dix minutes plus tard, son partenaire producteur et scénariste les avait rejoints. Dean s'était retrouvé coincé avec Lois tandis que Cody et Abigail n'avaient d'yeux que l'un pour l'autre.

Le lendemain soir, Cody et Abigail étaient sortis dîner ensemble et n'avaient pas tardé à se considérer comme un couple. Ni Lois ni Dean n'éprouvaient le moindre intérêt pour la compagnie des deux tourtereaux, ni pour la leur. Depuis, Cody n'avait jamais revu Lois sauf dix heures plus tôt. En proie à une terreur croissante, il se leva d'un bond.

Qu'est-ce que Lois pouvait bien faire la veille au soir dans ce quartier du centre ? Il jeta par la fenêtre un coup d'œil au soleil du matin en regrettant de ne pas pouvoir sortir faire son jogging. Est-ce qu'elle n'aurait pas pu rester chez elle, avec un évier plein de vaisselle sale et des poubelles débordantes ? Ne supportant plus de se sentir enfermé, il était descendu au bar du coin boire une bière. Il était tard, il se terrait dans ce loft en plein centre, à bonne distance de son ancien territoire. Ici, il était sûr de ne rencontrer personne de connaissance. Pourtant, en s'approchant de la porte de chez Jimbo, il avait reconnu Lois assise à une table près de la fenêtre. Avant même de voir son visage, il savait que c'était elle. Le temps d'apercevoir une main de femme gantée portant un verre à ses lèvres, il s'était arrêté net. Mais il était trop tard. Au même moment, elle regardait dehors et l'avait reconnu. La voyant écarquiller les yeux, il avait détalé jusqu'au loft où il était censé garder un profil bas. Il savait que Lois allait alerter Abigail et, connaissant Abigail, elle organiserait à coup sûr un commando de recherche. Avec Lois au premier rang ! Il connaissait ce genre de fille. Elle voudrait se venger, non pas parce qu'il devait de l'argent à Abigail, mais parce qu'il lui avait préféré cette dernière.

Cody se frotta les yeux. Il avait à peine dormi. Qu'est-ce qu'il allait dire à Dean ? Il lui avait déjà infligé assez de mauvaises surprises. Dean et lui avaient fondé tant d'espoirs sur leur court-métrage en préparation, un film qui ferait parler d'eux. Ces beaux projets avaient déjà failli dérailler trois mois auparavant lorsque Cody avait appelé Dean depuis la prison. Dean l'avait très mal pris.

– Tu as été jeté en prison pour des contraventions impayées ? avait-il rugi.

– J'avais aussi un petit problème avec mon assurance et mon permis qui étaient périmés.

– Qu'est-ce qui ne va pas dans ta tête ?

– Je voulais arranger les choses. Tu te souviens de ce film sur lequel j'avais travaillé l'année dernière au Texas ? J'en ai détesté chaque minute ! J'avais récolté pas mal de contraventions qui se sont accumulées. J'étais revenu ici en avion pour régler le problème et je comptais repartir en avion tout de suite après, mais le juge n'était pas content parce que j'avais laissé passer la date de convocation devant le tribunal. Du coup, il m'a flanqué en taule.

– Pour combien de temps ?

– Soixante jours.

– Soixante jours ! Et notre film ? Il se passe dans un chalet de ski dans le Vermont, bon sang ! Un de mes amis nous prêtera le sien, mais il ne nous le laissera pas tout l'hiver ! Tu sais bien, Cody, que nous voulons que le film soit prêt pour les festivals du printemps !

– Ne t'inquiète pas, je serai de retour avant Noël.

– Qu'est-ce que je vais dire aux autres ? Nous sommes les coréalisateurs !

– Dis-leur que je fignole le scénario.

– Et Abigail ? Tu y penses ?

– Je ne peux rien lui dire. Si elle apprend que je suis en prison, elle voudra que je lui rende son argent. J'ai réglé les débits de ma carte de crédit et l'amende du tribunal m'a coûté cher. Les yeux de la tête ! Abigail saboterait notre film. Écoute, la reconnaissance de dettes que je lui ai signée n'expire qu'en janvier. Je m'en inquiéterai à ce moment-là. Voyons, mon vieux, le film marchera du tonnerre ! Je rembourserai Abigail avec des gros intérêts. Un peu en retard, mais je la paierai.

– Ouais, bien sûr... Et si elle m'appelle ?

– Elle n'a pas ton numéro. Elle ne sait pas non plus où se trouve notre appartement, elle sait seulement qu'il est à Malibu. Combien de fois l'as-tu rencontrée après que nous avons fait connaissance ? Une fois. Elle ne pourra pas te retrouver. Quand on y pense, ce n'est pas plus mal qu'elle ait été aussi souvent sur des tournages extérieurs après que nous avons commencé à nous fréquenter. Quand elle revenait, nous voulions rester seuls.

– Ta belle histoire d'amour à distance me faisait monter les larmes aux yeux.

Alors, tandis que Cody cultivait sa forme en prison en levant des poids, Dean s'épuisait en assurant à lui seul la logistique du projet. Il s'était installé un bureau dans le sous-sol de sa mère à Fort Lee, New Jersey. Il auditionnait des acteurs de New York. L'argent se faisait rare, mais il avait contacté à Los Angeles des investisseurs qui voulaient rencontrer les deux coréalisateurs avant de signer leurs chèques. C'est pour cette raison que Cody avait dû prendre le risque d'y revenir quelques jours. Un ami de Dean lui avait prêté son loft dans le centre-ville où il pouvait séjourner incognito. Il était censé ne pas en sortir, sauf quand il devrait faire surface pour des motifs en rapport avec le travail – comme les mains de Lois, en un sens.

Le tournage du film devait débuter dans une semaine.

En simple boxer-short, ses muscles acquis en prison roulant sous la peau, Cody décida qu'il devait essayer de manger quelque chose. Il alla en quelques enjambées à la cuisine, vaste espace équipé de comptoirs en granit poli, d'une batterie de casseroles dernier cri pendue au-dessus de l'îlot central et d'une cuisinière à huit feux digne d'un chef professionnel. Quel drôle d'endroit, pensa-t-il en se versant un bol de céréales et en découpant une banane en rondelles. Un ami de Dean l'avait acheté avant de le rénover, mais il n'y était presque jamais et passait le plus clair de son temps à New York.

Cody s'assit devant le comptoir et attaqua son petit déjeuner. En liberté depuis près d'un mois, il appréciait encore de ne plus être obligé de tout manger avec une cuillère en plastique. Malgré tout, il se sentait toujours en prison. Il ne serait vraiment libre qu'après avoir encaissé le reste de l'argent pour la production et avoir quitté la ville. Ensuite, une fois le film en route, il arrangerait les choses avec Abigail.

Un bruit de clef dans la serrure le fit sursauter.

– Salut, lança Dean d'un ton morose en franchissant la porte.

Il apparut dans la cuisine trois secondes plus tard. La vision du torse et des biceps musculeux de Cody l'agaça prodigieusement. Comme toujours, c'est Cody qui continuerait à plaire aux filles. Dean se sentit mortifié. Il se savait malingre, insignifiant, sans atout pour séduire. C'est pour cela qu'il tenait tant à faire ses preuves grâce au film. Le scénario que Cody et lui avaient écrit était bien ficelé et comportait à la fois de l'humour et du suspense. S'il arrivait à supporter Cody quelques mois de plus, l'effort en aurait valu la peine.

– Dis donc, tu veux des céréales ? lui offrit Cody.

– Non, j'ai déjà mangé un muffin. Qu'est-ce qui ne va pas ?

– Qu'est-ce que tu veux dire par là ?

– Je sens qu'il y a quelque chose qui cloche.

Cody se racla la gorge.

– Eh bien, c'est-à-dire que…

AU VOLEUR !

Dean jeta par terre son sac rempli de notes, de dossiers, de scénarios révisés et de toutes les informations concernant le film.

– Je n'en peux plus ! Je ne le supporte plus !

– Supporter quoi ? Tu ne sais même pas ce que je vais te dire.

– Laisse-moi te dire une bonne chose, Cody. Je me suis crevé le tempérament à faire avancer le travail. Je veux en voir le bout ! J'en suis au point où je ne sais pas ce que je serais capable de faire à quelqu'un qui essaierait de me mettre des bâtons dans les roues !

Il avait les veines du cou gonflées, les yeux injectés de sang et ses cheveux lui retombaient sur la figure.

– Du calme, dit Cody. Ce n'est peut-être pas aussi mauvais que ça. Hier soir, j'étais sorti boire une bière au bar du coin. Et qui j'y ai vu ? La copine d'Abigail assise à côté de la fenêtre. La fille aux gants.

Du plat de la main, Dean assena un coup violent sur le comptoir. Encore un mauvais souvenir, cette fameuse soirée au club où il avait dû écouter cette Lois parler de ses mains comme de deux vraies actrices qu'elle avait surnommées Meryl et Angelina, tandis que Cody murmurait des mots tendres à l'oreille d'Abigail. Il aurait hurlé ! Maintenant, il était au bout du rouleau.

– Cette fille est folle ! Qu'est-ce que tu fichais dehors ? Je t'avais bien dit de rester planqué.

– J'ai été enfermé en taule pendant soixante jours. Je souffrais de claustrophobie.

– Tu en es sorti depuis des semaines. Tu ne devais rester confiné ici que quelques jours !

Le nouveau téléphone portable de Cody sonna. Il était posé sur le lit, à l'autre bout du loft.

– Excuse-moi, marmonna Cody en se précipitant.

– Ne réponds pas si tu ne reconnais pas le numéro ! aboya Dean.

Cody avait déjà empoigné le téléphone. En voyant le numéro sur l'écran, il sut tout de suite que Dean ne serait pas content : c'était celui de Stella. La sublime Stella à qui Dean avait fait lire le scénario. Stella Gardner, jeune actrice à la carrière fulgurante, devenait plus célèbre de minute en minute. Apparaissant dans une série télévisée tournée à New York, elle était intéressée par le premier rôle de leur film mais, comme les investisseurs, elle voulait d'abord rencontrer le coréalisateur. À sa sortie de prison, Cody était allé à New York où Dean avait organisé une réunion à trois. Stella était aussitôt tombée amoureuse de Cody. Il avait à peine quitté sa combinaison orange de détenu qu'elle l'invitait à passer un Noël paisible avec ses parents dans leur ranch du Texas. Il serait allé n'importe où pour être avec elle, même dans l'État où il venait d'être incarcéré. Ce qu'il avait fait.

– Salut toi, dit-il en essayant de ne pas prendre un ton trop sentimental.

Inutile de retourner le couteau dans les plaies de l'amour-propre de Dean, pensa-t-il en articulant en silence le nom de Stella.

Dean leva les yeux au ciel.

– Salut toi aussi, ronronna Stella. Tu me manques trop.

– À moi aussi. Euh... Dean est là. On travaille d'arrache-pied.

– Eh bien, j'ai une très bonne nouvelle. Je viens de terminer le tournage d'aujourd'hui et je n'ai plus rien jusqu'à vendredi. Après, nous partirons ensemble pour le Vermont, mais je ne veux pas attendre aussi longtemps avant de te revoir. Je prends l'avion cette nuit pour être avec toi.

L'estomac de Cody fit une chute brutale. La série de Stella avait de plus en plus de succès. Avec les paparazzi qui rôdaient dans tous les coins, il lui serait impossible de passer inaperçu s'il était vu avec elle. De fait, il lui avait déjà dit à New York qu'il valait mieux ne pas s'afficher en public pour le moment. Du moins, tant que leur film ne serait pas terminé. On pourrait croire qu'elle en avait eu la vedette parce qu'elle était la bonne amie du réalisateur, etc.

– Je me demande si c'est une bonne idée.

– Tu ne veux plus me voir ?

– Mais si ! Bien sûr que si ! Je me demande seulement si j'aurais le temps de me consacrer à toi comme je le voudrais. On a encore beaucoup de choses à faire et Dean s'est tué au travail, dit-il en se hâtant vers la cuisine pour mettre sous les yeux de Dean un morceau de papier sur lequel il avait griffonné : *Elle veut venir ici.*

Dean le lut et se laissa tomber sur un tabouret, la tête basse.

– Il a beaucoup travaillé, mais toi aussi ! Tu étais tout seul dans ton coin à t'acharner sur ce fabuleux scénario, dit Stella d'un ton suave. Je ne peux pas te dire à quel point j'admire ta conscience professionnelle. J'ai vraiment envie de te voir et d'être avec toi, Cody.

Cody déglutit péniblement. C'est grâce à la perspective d'avoir Stella au générique que Dean avait pu rechercher des investisseurs. Elle, elle croyait qu'ils avaient déjà fait rentrer tout l'argent de la production. Si elle les lâchait maintenant, ils pouvaient dire adieu à leur film. Cody était bien obligé de faire tout ce qu'elle voulait.

– Eh bien, d'accord. Tu as déjà retenu ton billet ?

– Oui. L'avion part de New York à six heures et arrive un peu après neuf heures – Voyager Airways. J'ai hâte de voler jusque dans tes bras ! Et j'ai hâte de voir à quoi ressemble ce loft. De la manière dont tu me l'as décrit hier soir au téléphone, il doit être fabuleux ! Et puis, il se passe de plus en plus de choses dans le centre de Los Angeles.

– Ah, ça oui ! approuva Cody. À ce soir.

3

De retour au loft, Regan accrocha sa veste dans la penderie et se débarrassa de ses chaussures humides. C'était bon d'être chez soi, ne serait-ce que pour quelques heures. En traversant le living, elle sourit en voyant sa photo de mariage préférée. Jack et elle descendaient la nef de l'église, elle lui tenait le bras et ils étaient tous deux radieux de bonheur. Dans les stalles, leurs parents et amis applaudissaient sur leur passage. Regan se rappelait avoir pensé, à ce moment-là, que c'était elle qui aurait dû donner le signal des applaudissements.

Sa rencontre avec Jack avait été un vrai miracle, se dit-elle en se dirigeant vers la cuisine. Plus j'entends parler de types tels que ce Cody Castle, plus Jack m'apparaît comme le Miracle du Siècle. Dommage qu'il ait fallu que papa se fasse kidnapper, mais il adore s'attribuer le mérite d'avoir amené Jack dans ma vie. C'est même devenu une de ses histoires préférées. Chef de la brigade spéciale de la police new-yorkaise, Jack avait été chargé de l'enquête. C'est en accomplissant la mission de sauver Luke des griffes de ses ravisseurs que Regan et lui étaient tombés amoureux.

Regan remplit la bouilloire et, en attendant que l'eau chauffe, pensa de nouveau à Cody Castle. Espérait-il s'en tirer sans ennuis en disparaissant après avoir soutiré de l'argent à Abigail ? S'il réalisait vraiment un film, comment pouvait-il s'attendre à éviter longtemps de rencontrer Abigail ? Hollywood était une petite ville et elle travaillait elle aussi dans les milieux du spectacle. Et que pouvait-il bien faire dans le centre de Los Angeles ? S'y cachait-il depuis le début ? Après le coup de téléphone d'Abigail en automne, Regan avait recherché sur Google des informations sur tous les Cody Castle sans rien trouver de significatif sur celui qui l'intéressait.

Quand la bouilloire se mit à siffler, Regan prépara sa tasse de thé qu'elle emporta à son bureau au bout du couloir. Assise à son ordinateur, elle consulta les compagnies aériennes, trouva un vol Voyager Airways à destination de Los Angeles décollant à dix-huit heures. Jusqu'à présent, il était à l'heure.

Elle appela Abigail, lui donna le renseignement.

– J'y serai, Regan. Je ne pourrai jamais assez te remercier. Je me demande pourquoi, mais j'ai l'impression que ma vie en dépend.

Ces derniers mots donnèrent à Regan un sentiment de malaise.

– Ta vie n'en dépend pas, Abigail ! S'il le fallait vraiment, ta grand-mère s'en remettrait.

– Tu ne la connais pas, ma grand-mère.

– Non, mais sans doute plus pour longtemps.

– Elle boucle ses valises en ce moment même. Dieu merci, elle descend chez son amie Margaret ! Elles sont si excitées de se revoir qu'elles seront le plus souvent ensemble. Il faudra quand même trouver une bonne raison pour expliquer ta présence.

– Je sais. Ne t'inquiète pas.

Après avoir raccroché, Regan appela Jack. Pensant ne pouvoir lui laisser qu'un message, elle eut la surprise de l'entendre répondre lui-même.

– Regan ! Nous venons de nous interrompre pour la pause déjeuner. Tout se passe bien ?

– Très bien. Mais j'ai plusieurs choses à te dire, dont certaines te surprendront peut-être.

– Ah, ah… Je suis tout oreilles.

– D'abord, j'ai loué un box à Long Island City et j'ai déjà commencé à y déménager mes dossiers.

– Ça ne m'étonne pas de toi, dit Jack en riant. Je te savais capable de tout.

– Ensuite, j'ai à peine dormi la nuit dernière sans toi à côté de moi.

– Ça ne m'étonne pas non plus. Je n'ai pas pu dormir moi-même.

– Troisièmement, je m'envole pour Los Angeles ce soir.

– Quoi ?

– Là, je t'ai eu ! dit Regan en riant à son tour. J'ai eu des nouvelles d'Abigail.

Elle lui avait déjà parlé de sa conversation avec Abigail à l'automne et lui expliqua les derniers développements.

– Alors, que penses-tu faire si tu retrouves ce type ?

– J'ai l'impression qu'Abigail fera tout ce qu'il faut pour le forcer à la rembourser. S'il a encore l'argent, soupira Regan. Elle est dans tous ses états à l'idée que sa grand-mère découvre qu'elle l'a prêté.

– Sois prudente, Regan. Tu ignores ce dont ce type est capable et tu ne connais pas les gens qu'il pourrait fréquenter.

– Je sais. Nous serons très prudentes.

– Tu ne pouvais pas rester seule à la maison sans moi, n'est-ce pas ? la taquina Jack.

– Exactement. C'est entièrement ta faute.

– Ne mets pas cette idée dans la tête de ta mère.

– Pour elle, tu ne feras jamais rien de mal.

– Combien de temps resteras-tu là-bas ? demanda Jack en reprenant son sérieux.

– Je ne compte pas rester plus d'une semaine. De toute façon, il faut que ce soit réglé avant. Si Abigail ne récupère pas son argent, je ne crois pas qu'elle réussira à faire patienter sa grand-mère plus longtemps. Et elle doit arriver demain.

– Sois prudente. J'espère que tu retrouveras ce garçon, que tu le feras payer et que tu seras de retour à la maison pour le week-end.

– Moi aussi, crois-moi !

Après avoir raccroché, Regan appela le portable de sa mère.

– Bonjour, ma chérie. Il paraît que vous avez de la neige à New York.

– Un peu. Mais je pars pour Los Angeles.

– Quoi ?

Assise près de la piscine de l'hôtel Breakers, Nora écouta avec attention.

– Dis-moi, Regan, est-ce qu'Abigail n'est pas celle qui se croit victime d'une malédiction ? Celle à qui il arrive des malheurs ?

Pourquoi le lui avais-je dit ? se demanda Regan.

– Oui maman, c'est bien elle.

– Oh, mon Dieu !

– Elle a besoin de mon aide. Tu m'imagines disant à Bonne Maman que j'ai prêté à un individu qui me plaque tout de suite après les cent mille dollars qu'elle m'avait donnés ?

– Je ne te crois pas capable d'être aussi bête, Regan.

– Merci pour ton vote de confiance. Pauvre Abigail ! Elle croyait avoir enfin trouvé l'Heureux Élu et qu'ils auraient un bel avenir ensemble. C'est une brave fille, tu sais. Je la connaissais à peine quand elle a tenu à m'apporter son bouillon de poulet pour me nourrir quand j'avais la grippe l'année dernière. Elle venait juste d'emménager.

– Apporter du bouillon a sa voisine de palier est une chose. Faire quatre mille kilomètres en avion pour rechercher son vaurien d'ex-petit ami en est une autre.

– Je ne lui payais pas son bouillon. Elle, elle me paie.

– C'est au moins quelque chose. Dommage que Jack soit loin. Tu n'aurais pas accepté s'il avait été là.

– Tu as décidément un sixième sens, maman ! Jack savait que tu le lui reprocherais.

– Allons, Regan ! dit Nora en riant.

– Papa est là ?

– Il joue au golf.

– Embrasse-le pour moi. Il faut que je fasse ma valise. Je t'appellerai de Los Angeles.

– Sois prudente !

– Jack m'a dit la même chose. Quelle coïncidence !

Sa conversation terminée, Regan appela une compagnie de taxis pour fixer l'heure à laquelle la voiture viendrait la chercher. Elle sortit ensuite sa valise du placard. Quatre heures plus tard, elle faisait la queue au comptoir d'enregistrement de l'aéroport Kennedy. La ravissante jeune blonde devant elle lui était vaguement familière. Qui est-ce donc ? se demanda Regan. Elle se rappela alors qu'elle avait un rôle de détective dans une série policière à succès. Regan en avait vu un épisode et été impressionnée par la manière dont la jeune actrice tenait son rôle. Elle ne put s'empêcher de sourire. Je devrais peut-être lui demander ce qu'elle ferait pour traquer Cody Castle.

4

Assise à sa table de salle à manger, une tasse de café, un *crumb bun* et une calculette à portée de main, Margaret Suspack payait ses factures. Elle voulait se débarrasser de la paperasse avant l'arrivée de son amie Ethel Feeney le lendemain. À quatre-vingt-deux ans, Margaret, connue de ses amis et de ses proches sous le surnom de Mugs, avait un visage avenant, des formes replètes, des yeux noisette et une coiffure bouffante dont elle conservait la légère nuance de miel.

Après la mort de Harry, son mari, quelques années plus tôt, elle avait été scandalisée par le nombre de charlatans espérant l'exploiter parce qu'elle était seule. Leurs efforts restés vains n'avaient fait que renforcer la résistance de Mugs à tous ceux qui cherchaient à la délester de son argent, quel qu'en soit le prétexte. Et d'éconduire ceux qui voyaient en elle une proie facile à cause de son âge. Elle était prête à les recevoir comme ils le méritaient. Ainsi, le jeune homme qui l'avait appelée récemment en se prétendant son petit-fils qui avait de gros ennuis et la suppliait de câbler de l'argent à des gens qui menaçaient de le mettre à mal ne s'attendait certes pas à sa réaction. Mugs lui avait lancé dans l'écouteur un long coup du sifflet d'alarme qu'elle gardait à côté de son lit. « Vous devriez avoir honte de vouloir escroquer des vieillards », lui avait-elle craché avant de raccrocher.

Mugs n'avait ni enfants ni petits-enfants.

Harry aurait été fier la manière dont elle se défendait depuis sa mort, mais il ne s'en serait pas étonné. Mugs avait toujours été économe et dégourdie.

Nous nous sommes tant amusés pendant tant d'années autour de cette table, pensait-elle en comparant les kilowatts de sa facture d'électricité avec ceux de la précédente. Harry avait été chef éclairagiste dès les premiers temps de la télévision. Privés du bonheur d'avoir des enfants, leurs amis étaient devenus pour eux comme une vraie famille. Les chaises autour de la table étaient souvent pleines de voisins qui se joignaient à eux pour partager tout ce qui se présentait, depuis des spaghettis accompagnés d'une sauce délicieuse dont Mugs avait le secret jusqu'à un dîner improvisé à la fortune du pot.

Mugs avait travaillé comme manucure quatre jours par semaine. Elle raffolait des potins récoltés au salon. Quand Harry et elle recevaient leurs amis, elle les régalait d'anecdotes sur les clientes excentriques et Harry des extravagances des célébrités sur le plateau.

Mais avec le temps, le rythme s'était ralenti. Harry avait pris sa retraite et le vieux salon de coiffure démodé avait fermé, victime de la désaffection des jeunes femmes pour un simple shampooing-coup de peigne. Les établissements qui offraient des séchoirs soufflants et un fond musical à vous crever les tympans faisaient maintenant fureur. Et puis, beaucoup de leurs amis avaient déménagé après leur retraite. Certains étaient décédés. Enfin, Harry avait rendu le dernier soupir quelques années plus tôt. « Fondu au noir, Mugs », lui avait-il dit sur son lit de mort. Dieu le bénisse, pensa Mugs. Même quand il se sentait de plus en plus malade, il ne perdait jamais son sens de l'humour.

Mugs n'avait jamais pensé quitter Los Angeles mais, après avoir passé un week-end de Thanksgiving avec sa sœur en Floride, entourée de ses neveux et nièces et de leurs enfants, elle avait eu du mal à rentrer seule chez elle.

– Laisse-moi te suggérer quelque chose, lui avait dit sa sœur Charlotte, connue sous le sobriquet de Charley (leurs parents étaient très portés sur les diminutifs), en l'accompagnant à l'aéroport. Vends ton appartement et viens t'installer ici, avec moi. Cela ne me plaît pas de te savoir toute seule aussi loin.

– Je ne suis pas toute seule ! avait protesté Mugs. J'ai encore des amis.

– Je sais. Mais je ne te dirais pas non d'aller vivre dans une de ces communautés pour adultes, comme on les appelle, et je préférerais y être avec toi. On s'y amuse bien, paraît-il.

– D'après ce que j'ai lu sur la question, on s'y amuse même un peu trop, répondit Mugs d'un air pincé. Je n'ai aucune envie de rencontrer des hommes. Harry m'a toujours comblée.

– Ce n'est pas de ça que je parle. Ils organisent beaucoup d'activités de groupe, comme le loto ou le ping-pong. Et puis, tu me manques, Mugs.

Lorsque Mugs réintégra son appartement, elle s'y sentit plus solitaire qu'elle ne l'avait jamais été et avait appelé sa sœur quelques jours plus tard.

– Écoute, Charley, je n'aime pas l'admettre, mais tu as raison. Il est temps que je te rejoigne en Floride. Mais je dois d'abord vendre mon appartement et je ne sais pas combien de temps cela prendra, les affaires sont dures en ce moment. Je ne partirai pas d'ici avant d'avoir l'argent à la banque.

– Je suis si contente, Mugs ! s'était écriée Charley. Je vais commencer à chercher...

– Je ne signerai rien du tout jusqu'à ce que la vente soit conclue.

– Je sais, je sais.

Mugs avait pris contact avec une agence immobilière qui envoya une jeune négociatrice évaluer l'appartement. Mugs avait été scandalisée par la manière insultante dont elle dépréciait son bien, laissant entendre que c'était un taudis parce qu'il n'y avait pas de comptoirs en granit poli, de baignoire-jacuzzi, ni d'appareils ménagers dernier cri. Tout était en parfait état, la peinture ne s'écaillait pas et les plafonds étaient loin de s'écrouler. Quarante ans durant, cet appartement avait été assez bon pour Mugs et Harry. Les quatre pièces étaient pourvues de baies vitrées coulissantes ouvrant sur une terrasse qui dominait un beau jardin intérieur avec des palmiers, des fleurs et une piscine. Les amis de Mugs disaient souvent qu'on avait l'impression d'être dans une résidence de vacances.

– Si vous voulez en tirer un meilleur prix, disait la mijaurée d'à peine vingt-cinq ans qui tortillait ses mèches décolorées en vacillant sur ses talons de dix centimètres, vous devriez rénover entièrement votre résidence avant de la mettre sur le marché. Cela en vaut la peine, à mon avis. Je connais un type qui fait des placards époustouflants...

– Écoutez, jeune fille, l'avait interrompue Mugs dont les yeux lançaient des éclairs. À l'âge que j'ai, je ne veux pas perdre le temps précieux qui me reste à choisir des placards « époustouflants » dont je ne me servirai jamais et à rester là, à attendre des ouvriers qui n'arrivent jamais à heure et à temps. Toutes les « rénovations » que j'apporterais seront de toute façon refaites par celui ou celle qui achètera. Merci de vous être donné la peine de venir.

Mugs appela une autre agence immobilière. Un jeune homme arriva quelques minutes plus tard. « On croirait que j'ai appelé une ambulance », avait commenté Mugs quand il franchit la porte. Lui, au moins, semblait plus doué pour les relations humaines. Il commença par dire que le marché était difficile, mais qu'ils feraient tout ce qu'il faudrait pour trouver l'acheteur idéal.

– Il y a sûrement beaucoup de gens qui adoreraient l'appartement tel qu'il est, avait-il affirmé.

– Vous parlez trop bien, avait grommelé Mugs.

– Je peux vous appeler Margaret ?

– Non, vous ne pouvez pas.

Au cours du mois suivant, quelques curieux vinrent fouiner dans les placards. L'un d'eux offrit un prix insultant qui fit bondir Mugs.

– Ce n'est peut-être pas Buckingham Palace, mais ce n'est pas non plus une masure, avait-elle dit à l'agent.

Au moment de Noël, Mugs et Ethel Feeney, son amie d'enfance, avaient eu leur bavardage téléphonique annuel. Elles s'étaient bien amusées ensemble à la *high-school* et elles avaient été cotrésorières de leur classe la dernière années. Même si elles ne s'étaient pas vues souvent au fil des années, elles avaient toujours gardé le contact. Mugs avait parlé à

Ethel de son espoir de s'installer bientôt en Floride, Ethel avait mis Mugs au courant de l'accident d'Abigail, sa petite-fille, pendant le tournage d'un film.

– La pauvre ! avait compati Mugs. Est-ce qu'elle ne voulait pas acheter un appartement ?

– Oui, bien sûr, mais elle n'en a pas encore les moyens.

Pendant les fêtes de fin d'année, Ethel s'était fait de plus en plus de soucis au sujet d'Abigail. Elle était venue chez sa grand-mère dans l'Indiana et, pendant la semaine passée en famille, elle avait paru stressée. C'était compréhensible du fait des épreuves qu'elle avait subies, un bras cassé, une rupture avec son fiancé. Elle n'avait pas voulu en parler. Naguère, si ses rapports avec un garçon auquel elle s'intéressait tournaient mal, Abigail faisait au moins semblant d'en rire.

Quand Abigail retourna à Los Angeles, Ethel essaya de penser à un cadeau spécial pour son anniversaire. Elle fit alors un rêve où il arrivait à Abigail quelque chose de terrible. Toujours superstitieuse, trait de caractère qu'elle avait légué à sa petite-fille, elle appela Mugs le lendemain matin. Comme elle le faisait lorsqu'elles géraient les finances de leur classe quand elles étaient à l'école, elles discutèrent de la valeur des choses. Dans ce cas, bien entendu, la chose en question était l'appartement de Mugs.

– J'ai du mal à me décider, je n'ai pas vu ton appartement depuis vingt ans, avait dit Ethel. Pas depuis la fête que tu avais donnée quand Harry a pris sa retraite.

– On s'était bien amusés, n'est-ce pas ? Comment aurait-on pu se douter qu'ils seraient aussi nombreux à plonger dans la piscine ? Écoute, Ethel, offre-toi un billet d'avion et viens me rendre visite. Tu resteras chez moi. Comme cela, tu pourras inspecter les lieux de haut en bas. Après, tu pourras décider si tu veux mettre des fonds pour acheter à ta petite-fille le cadeau d'anniversaire idéal.

– N'oublie pas, Mugs, que je te paierai cash, répondit Ethel en riant. Pas besoin d'attendre qu'un emprunt soit approuvé. Ça devrait compter pour quelque chose, non ?

– L'argent liquide a des avantages, approuva Mugs. À condition qu'il y en ait suffisamment. De toute façon, nous serons heureuses de nous revoir et nous prendrons du bon temps.

– Si nous ne nous entre-tuons pas.

En fait, elles étaient aussi ravies l'une que l'autre. Elles n'avaient pas passé un long moment ensemble depuis si longtemps ! Et si elles s'entendaient pour faire affaire, elles seraient aussi contentes l'une que l'autre d'éviter les commissions des intermédiaires.

Mugs timbrait l'enveloppe de la facture d'électricité quand son téléphone sonna. Il était déjà tard, le soir tombait et les lumières autour de la piscine venaient de s'allumer.

– Allô ? répondit-elle en regardant par la baie vitrée.

– Mugs, c'est Walter.

Mugs leva les yeux au ciel. Walter était le Casanova du club des seniors. Il persistait à vouloir l'inviter à danser, mais Mugs n'éprouvait aucun attrait pour les activités de ce genre.

– Bonjour, Walter. Quoi de neuf ?

– On vient de trouver Nicky mort dans son appartement, Mugs.

Mugs soupira. Les appels comme celui-ci devenaient trop fréquents.

– C'est triste, Walter. Mais il était malade ces derniers temps, c'est peut-être une bénédiction. Est-il mort dans son sommeil ?

– Non, Mugs, il n'est pas mort dans son sommeil. Il a été assassiné.

5

La voix du pilote dans les haut-parleurs entama la litanie d'usage que les voyageurs chevronnés pouvaient réciter par cœur dans leur sommeil : « Mesdames et messieurs, nous commençons notre approche de l'atterrissage. Veuillez, etc. »

Regan poussa un soupir de soulagement. Après le décollage, elle avait lu quelques heures et essayé de dormir, mais elle n'arrivait à perdre réellement conscience que pendant les vols de nuit. Il était près de minuit sur la côte Est, elle était fatiguée. La dernière heure d'un vol New York-Los Angeles était toujours pénible mais, ce soir, elle se sentait plus énervée que d'habitude. Si Cody Castle était toujours à Los Angeles, elle avait l'impression que chaque minute comptait. Penchée vers le hublot, elle regarda le tapis de lumières qui s'étalait à perte de vue. Un spectacle fascinant en temps normal, mais qui, ce soir, lui paraissait décourageant. Cody Castle pouvait se trouver n'importe où.

Regan ne pouvait pas se douter qu'à l'avant, en première classe, quelqu'un d'autre regardait aussi par le hublot, l'esprit occupé du désir de rencontrer Cody Castle…

Une fois l'avion posé, Regan ralluma son téléphone et consulta ses messages. Il y en avait deux, un de Jack qui disait qu'il était 22 heures 30, qu'ils venaient de dîner à l'hôtel et qu'il allait se coucher. « Je t'aime. Appelle-moi si tu as besoin de quoi que ce soit, sinon je te parlerai demain. »

Regan aurait bien aimé lui parler maintenant, mais elle ne voulait pas le réveiller. Sa vie à New York lui paraissait soudain bien loin.

L'autre était d'Abigail. « Je suis en voiture dans la zone d'attente de l'aéroport. Appelle-moi dès que tu auras récupéré tes bagages, il ne me faudra que deux minutes pour arriver. Nous partirons tout de suite après. Se garer au parking est toute une histoire. »

Cela me paraît bien, se dit Regan en commençant à rassembler ses affaires. Le passager coincé dans le siège du milieu se tourna vers elle en souriant :

– Excusez-moi encore pour tout à l'heure. Je suis vraiment désolé.

– Ce n'est pas grave, voyons, répondit Regan en riant.

Après s'être installés à leurs places avant le décollage, son voisin avait sorti de sa poche un petit aérosol de désodorisant dont il s'était envoyé une giclée dans la bouche. La moitié de la dose avait aspergé le côté droit du visage de Regan. En voilà au moins un qui a de l'hygiène, s'était-elle dit en s'essuyant la joue avec un mouchoir en papier.

Son tour enfin venu de quitter l'avion, Regan roula sa valise de cabine dans l'allée, salua l'équipage près de la porte et fit ses premiers pas dans la chenille avec un sentiment de libération. C'était si bon de ne pas retrouver un air glacial ! Se sentant revivre, elle franchit la barrière de sortie et eut une pensée compatissante à la vue de la file des passagers qui attendaient, l'air morose, d'embarquer dans l'avion qu'elle venait de quitter. Pendant qu'elle traversait l'aérogare vers la salle des bagages, elle envisagea de faire un arrêt aux toilettes, mais changea d'avis. Pas la peine, pensa-t-elle. Si elle l'avait fait, elle se serait épargné bien des tracas. Car l'actrice qu'elle avait vue embarquer à New York y était, en train de se pomponner devant la glace, de se parfumer, de se recoiffer et de se faire un raccord de maquillage.

Une dame d'un certain âge frottait ses mains humides sous le séchoir à air chaud.

– Vous êtes très jolie comme cela, observa-t-elle. Vous devez sans doute rencontrer quelqu'un d'important.

– Oh, oui ! Très. Mon nouveau fiancé m'attend en bas. Je brûle d'impatience.

– C'est palpitant, gloussa la dame.

Dean déposa Cody sur le trottoir devant la porte de la salle des bagages.

– J'ai l'impression d'être ton larbin, grommela-t-il. Je ne peux pas rester ici. Le temps que Stella arrive, que vous fassiez vos effusions et qu'elle récupère ses bagages, j'aurai été viré dix fois – ou je ne suis plus au courant de rien. Appelle-moi quand tu seras prêt. Pendant ce temps, je tournerai comme un imbécile autour de l'aéroport.

– Merci, dit Cody. Et n'oublie pas, Dean, Stella nous est précieuse à tous les deux. Avec elle dans notre film…

– Je m'en souviendrai quand vous vous tiendrez la main et vous bécoterez sur la banquette arrière de ma voiture. Maintenant, grouille-toi, garde ta casquette et prie pour que personne n'ait l'idée de prendre une photo de vos retrouvailles.

Cody descendit de voiture et entra dans l'aérogare par les portes automatiques pour rejoindre ceux qui attendaient l'arrivée des passagers. Il s'agissait pour la plupart de chauffeurs de voitures de location. Cody essaya de s'y mêler, car ils portaient presque tous des casquettes comme lui. J'aurais dû préparer une pancarte pour la brandir comme eux, pensa-t-il, amusé. J'aurais y écrire Bunny, le nom du personnage de Stella dans notre film.

Tout en attendant, il se dit que la situation était assez romanesque. Si seulement il n'avait pas à s'inquiéter d'être reconnu par quelqu'un de la connaissance d'Abigail.

Un groupe de passagers commença à défiler. Beaucoup avaient l'air morose. Les voyages sont stressants, pensa Cody. Un jour, j'aurai mon avion privé. Si le film marche, j'aurai fait un grand pas en avant.

Une jolie jeune femme brune franchissait la porte. Elle avait quelque chose de vaguement familier. Cody sentit soudain ses genoux se dérober sous lui. Encore une connaissance d'Abigail ! Seigneur, c'est cette détective privée qui habitait l'appartement sur le même palier ! Cody tourna les talons, sortit de l'aérogare à grandes enjambées, traversa la chaussée vers le bâtiment du parking et se cacha dans un coin sombre. Comment s'appelle-t-elle, déjà ? Abigail parlait souvent d'elle. Oui, Reilly. Regan Reilly. D'une main tremblante, il prit son téléphone dans sa poche et appela Dean.

– J'arrive, répondit-il aussitôt.

– Non ! Pas encore ! L'ancienne voisine d'Abigail vient de descendre d'avion. Elle s'appelle Regan Reilly. C'est une détective privée partie s'installer à New York. Abigail me vantait tout le temps ses qualités et disait que si nous avions besoin d'un détective privé, c'était elle qu'il fallait appeler. Abigail lui aurait-elle demandé de venir, à ton avis ? Je dois la rembourser demain, elles vont me traquer comme un chien ! Et maintenant, Stella arrive aussi. Pas question qu'elle découvre l'existence d'Abigail, de ma dette ou de...

– Où est notre star ? l'interrompit Dean.

– Je l'attendais quand j'ai vu Reilly. Je suis sorti de l'aérogare aussi vite que j'ai pu sans me faire remarquer. Il faut que ce soit toi qui ailles accueillir Stella. Reilly ne t'a jamais rencontré.

– Espèce d'imbécile ! Et si c'est Abigail qui vient la chercher ? Elle me reconnaîtra. Quoique... si elle ne m'a vu que le soir où tu as fait sa connaissance, une des soirées les plus interminables de ma vie, elle ne me reconnaîtra peut-être pas.

– Alors, il faut faire patienter Stella jusqu'à ce que la voie soit libre. Nous lui dirons qu'on a eu un problème de voiture.

– Brillante idée ! Arriver en retard pour chercher la star de notre premier film, elle sera folle de joie. Quelle journée ! Nous perdons un investisseur qui se dédit à la dernière minute...

– Ce petit vieux devenait pénible, l'interrompit Cody. Il nous a fait perdre notre temps. Nous faire déjeuner, avaler sa soupe infecte et après il nous lâche ! Sa choucroute me fait encore mal au ventre.

– Nous ne le reverrons plus jamais, déclara Dean d'un ton définitif. J'ai l'impression que la personne dont nous devons nous inquiéter, c'est cette Regan Reilly.

6

J'ai de la chance, pensa Regan en voyant ses grosses valises noires tomber les premières du toboggan. Elle les empoigna sur le tapis roulant et s'éloigna pendant que les autres passagers jouaient des coudes pour se glisser au premier rang afin de repérer et prendre leurs bagages. Une fois à l'écart de la foule, Regan sortit son téléphone de sa poche et appela Abigail.

– Sors de l'aérogare, je serai dehors, répondit-elle. Ma voiture est une Honda Accord blanche.

Regan fit rouler ses valises et sortit, étonnée comme d'habitude que personne ne se soucie de vérifier les bulletins des bagages. Une activité fébrile régnait sur le trottoir. Aiguillonnés par les haut-parleurs qui leur enjoignaient de ne pas traîner, les gens se hâtaient de charger leurs affaires dans les voitures et les taxis. Certains, observa Regan, semblaient prendre plaisir à claquer leurs coffres le plus fort possible.

Quelques secondes plus tard, elle vit s'approcher une voiture blanche qui devait être celle d'Abigail. Le conducteur lui fit signe en s'arrêtant. Abigail sauta à terre et accourut vers elle. Elle portait un jean noir et une blouse noire aux manches flottantes. Regan remarqua aussitôt le bandage qui lui entourait le bras droit.

– Salut ! dit Abigail en l'embrassant.

– Tu es superbe, Abigail !

– Merci, mais tu n'avais pas besoin de me le dire. J'ai mauvaise mine, je suis crevée, stressée et je le sais. Mettons vite tes valises dans le coffre.

– Ne les soulève surtout pas !

– Sois tranquille, je ne le ferai pas.

Abigail ouvrit le coffre et retourna s'asseoir au volant. Un agent s'approchait déjà en leur faisant signe de circuler. Trente secondes plus tard, elles se mêlèrent au flot des véhicules qui sortaient de l'aéroport. Abigail naviguait entre les files de voitures, son regard allant du rétroviseur central aux rétroviseurs latéraux.

– C'est invraisemblable la manière dont ils pressent les gens ! Ton vol s'est bien passé ?

Abigail est énervée, se dit Regan.

– Très bien. Rien de particulier n'est arrivé, ce qui est une bonne chose.

– Tu dois être fatiguée, je sais. Je t'emmène à la maison où nous serons logées.

– J'étais fatiguée, Abigail, mais je me sens mieux maintenant. Nous ne devrions pas perdre de temps, à mon avis. Pourquoi ne commencerions-nous pas par aller manger quelque chose au bar dans le centre où ton amie a reconnu Cody ? J'ai faim. Un bon hamburger et un verre de vin me feraient du bien.

– Tu en es sûre, Regan ?

– Oui. Il n'y a sans doute aucune chance que Cody y soit, je sais, mais j'aimerais vérifier. Il avait sûrement une raison pour se trouver dans ce quartier-là hier soir. Qui est cette amie qui l'y a vu ?

– Elle s'appelle Lois Ackerman. Je la connais depuis environ un an. Elle est mannequin pour les mains dans des spots publicitaires. Gentille fille, mais un peu excentrique. L'idée de conserver ses mains impeccables et sans défaut l'obsède au point qu'elle porte tout le temps des gants. Je ne peux pas le lui reprocher. Ses mains lui rapportent gros.

– Elle n'habite pas en ville ?

– Non. Elle était sur le tournage d'une publicité dans le centre-ville. Elle a fini tard. Après, elle est allée manger quelque chose avec un ami et c'est à ce moment-là qu'elle a vu Cody. Je regrette bien de ne pas avoir été avec elle !

– A-t-elle essayé de le suivre ?

– Pas vraiment, c'est ce qui me rend malade. Elle m'a dit qu'elle voulait le poursuivre, mais qu'à peine elle s'était levée pour courir vers la porte, il avait déjà disparu. Elle n'a jamais couru nulle part, crois-moi Regan. Elle ne se déplace que lentement sans faire de gestes brusques de peur de cogner ses mains contre quelque chose. Je ne devrais pas me plaindre, grogna Abigail. Grâce à elle, je sais qu'il est dans les parages. Mais ce n'est pas tout, Regan. Tu ne croiras pas tout ce qui m'est arrivé depuis que tu as pris l'avion.

– Quoi donc ?

– Mon avocat m'a appelée cet après-midi. Il m'a dit que la société de production du film pendant lequel j'ai eu mon accident fait preuve de mauvaise volonté pour me dédommager parce qu'ils ne veulent pas le déclarer à leur assurance. Ils ont fait une offre de dix mille dollars. C'est se moquer du monde ! Je ne peux plus travailler depuis deux mois, je dois suivre un traitement et je risque des complications arthritiques, ce qui mettrait fin à ma carrière. Je ne sais même pas quand je pourrai recommencer à travailler.

– Eh bien, ne te laisse pas faire, lui conseilla Regan. Résiste.

– Oui, mais si je fais des vagues, les autres producteurs ne voudront peut-être pas m'engager. Ils auront peur que je leur fasse un procès un jour ou l'autre. Cela se sait vite dans le milieu. Je n'étais pourtant pas responsable de cet accident ! Ce morceau d'échafaudage m'est tombé dessus au moment où je passais. Ils ont eu de la chance que la même chose ne soit pas arrivée au premier rôle masculin.

– C'est trop injuste ! dit Regan. Tu ne devrais pas être victime de leur négligence.

– Et ce n'est pas le pire de ce qui m'est arrivé aujourd'hui.

– Quoi d'autre ?

– Quand je te l'aurai dit, Regan, tu auras peut-être envie de retourner à l'aéroport.

Pourquoi Jack était-il obligé d'aller là-bas ? se demanda Regan.

– Ne dis pas de bêtises, voyons ! Que s'est-il passé ?

– La police m'a appelée tout à l'heure.

– Pourquoi ?

Elles roulaient maintenant sur la voie rapide en direction du centre-ville. Abigail se racla la gorge.

– Je crois que c'est un bon karma de vouloir aider les autres.

– Bien sûr, dit Regan en attendant la suite avec impatience.

– J'ai l'impression que si je fais des bonnes actions, elles conjurent mon mauvais sort.

– On ne reçoit que ce que l'on donne, marmonna Regan, les sourcils levés.

– Tu sais qu'il y a des bénévoles qui portent leurs repas aux personnes âgées.

– Oui.

– Eh bien, après ton départ, je nageais dans le bonheur avec Cody. Je croyais que le monde était merveilleux et j'ai décidé de donner moi aussi ce que je recevais. Alors, j'ai commencé à coiffer gratuitement les personnes âgées. Je venais avec mes ciseaux et mes peignes parce que c'était bien de rendre service à des gens aux ressources limitées. Tout a commencé quand je suis allée voir une de mes amies qui travaille dans une résidence service du comté d'Orange. J'ai proposé de couper les cheveux d'un des vieux résidents. Un autre me l'a demandé et le pli était pris. J'y allais tous les mois, ils faisaient la queue en m'attendant, c'était sympathique. L'un d'eux m'a parlé un jour d'un de ses amis en ville qui serait très reconnaissant si je lui coupais les cheveux à lui aussi. Il vivait seul, il n'avait pas beaucoup d'argent. Alors, je l'ai contacté et je l'ai coiffé trois mois de suite. Et puis, il a commencé à devenir exigeant. Une fois, j'ai dû partir sur un tournage et il était mécontent parce que je n'étais pas venue le coiffer exactement quand il voulait.

– Une bonne action est toujours punie, dit Regan en souriant.

– Mais ce n'est pas le pire.

– Vraiment ?

– En septembre, quand je suis revenue, je suis tout de suite allée chez lui. Il vit dans un petit appartement à West Hollywood. Il s'est assis sur une chaise et m'a demandé d'aller lui chercher son journal pour qu'il le lise pendant que je lui coupais les cheveux. Tu te rends compte ? Il ne voulait même pas faire la conversation ! Alors, je suis allée dans la cuisine et il avait sans doute oublié qu'il avait laissé son relevé de banque sur le comptoir. Je n'aurais pas dû, Regan, je sais, mais j'y ai jeté un coup d'œil. Il faisait toujours comme s'il n'avait pas un sou. Eh bien, les yeux m'en sont presque sortis de la tête. Il avait plus d'un million sur son compte ! Je lui avais coupé les cheveux gratuitement sans jamais un mot de remerciement. J'étais furieuse, mais je n'ai rien dit. Quand j'ai fini, je lui ai dit qu'il me serait difficile de revenir parce que je devais travailler le plus possible, j'avais besoin d'argent. En insistant pour qu'il comprenne bien l'allusion.

– Et alors, qu'est-ce qu'il a dit ?

– Il s'est mis à m'agonir de sottises en disant que je n'étais qu'une égoïste. Je lui tends la perche pour qu'il me propose de me payer et c'est comme cela qu'il réagit ? Je ne lui aurais même pas demandé le tarif normal ! Je suis heureuse de rendre service aux gens qui en ont besoin, mais je ne supporte pas ceux qui exploitent votre générosité.

– Pourquoi as-tu reçu un appel de la police, Abigail ?

– Il a été trouvé mort aujourd'hui dans son appartement. Il était tombé en arrière en cognant sa tête contre le mur, mais le choc était si violent qu'on croit qu'il a été poussé.

– Ils ne te soupçonnent quand même pas ? demanda Regan, effarée.

– Je suis sans doute ce qu'ils appellent un « témoin intéressant ». L'inspecteur m'a posé un tas de questions, comme de savoir quand je l'ai vu pour la dernière fois. Des choses de ce genre.

– Comment la police était-elle au courant de ton existence ?

– On a trouvé une photo de nous sur sa table de nuit. Elle était déchirée. Je tenais une paire de ciseaux au-dessus de sa tête, nous en avions bien ri. Je l'avais prise avec mon téléphone portable et je lui en avais donné une copie. J'avais écrit mon nom et mon numéro à l'encre noire au dos de la photo. Au début, il l'avait collée sur la porte de son frigo. Plus tard, il avait écrit à l'encre rouge : « Une garce avec un sale caractère. »

– Quelle histoire ! soupira Regan.

– Tu veux toujours aller en ville ?

– Bien sûr ! Avec une journée comme celle que tu viens de vivre, il arrivera sûrement quelque chose de passionnant.

7

Debout devant la salle des bagages, Stella était visiblement excédée. Cody n'était pas venu comme il le lui avait promis et il n'était même pas encore arrivé ! Elle avait récupéré ses valises, les avait traînées dehors jusque sur le trottoir. Sa situation devenait gênante. À l'évidence, les gens la reconnaissaient et se demandaient pourquoi personne ne l'accompagnait. Une fois de plus, elle essaya d'appeler le portable de Cody.

– Stella ! répondit-il aussitôt.

– Où es-tu ? C'est parfaitement ridicule !

– Tu ne vas pas le croire mais on a eu un mal de chien pour changer un pneu crevé ! Dean et moi devrions intégrer une scène comme celle-là dans notre prochain film, dit-il avec un rire forcé qui sonna faux à ses propres oreilles.

– Tu ne m'as toujours pas répondu. Où es-tu ?

– Où es-tu ? demanda-t-il en guise de réponse.

– C'est quoi, cette question ? Je suis ici, à l'aéroport, et je t'attends encore. Si j'avais su que ce serait aussi long, j'aurais pris un taxi pour me faire conduire en ville.

– Tu as récupéré tes bagages ?

– Bien sûr que je les ai récupérés ! Tous les bagages de mon vol ont été déchargés et les autres passagers sont déjà loin.

Quand tu m'as appelée, tu m'as dit que vous n'en auriez que pour cinq minutes.

– Je n'aurais pas dû être aussi optimiste. Dean et moi sommes au-dessous de tout en ce qui concerne la mécanique. Mais ça y est, c'est fini. Il y a un beau pneu tout neuf. Nous arrivons dans quelques minutes.

– Bon. Mais dépêche-toi, veux-tu ?

Cody coupa la communication. La voiture de Dean était garée au fond du parking où Cody s'était réfugié après avoir vu Regan Reilly. Et ce n'était qu'à un jet de pierre de l'endroit où Stella attendait.

– Le voie doit être libre, maintenant, dit-il. Nous ne pouvons pas la faire attendre plus longtemps.

Sans mot dire, Dean démarra, roula vers la sortie, paya le ticket. Ils descendirent la rampe, tournèrent le coin et virent alors la belle Stella qui regardait sa montre. Elle portait un jean, des talons hauts et un top très sexy.

– Je pourrais te tuer, soupira Dean. Si je n'avais pas envie de faire ce film, je ne m'en priverais pas.

– La fille idéale t'attend tout près, je le sens, répondit Cody.

– Je me fiche de ce que tu sens. Fais monter Stella en voiture pour qu'on file le plus vite possible.

Cody sauta à terre avant même que la voiture ne soit complètement arrêtée.

– *Baby !* s'écria-t-il en prenant Stella dans ses bras.

– Je croyais que tu n'arriverais jamais, dit-elle en faisant la moue.

– Je suis là, tu vois, répondit-il en lui donnant un petit baiser.

Stella lui enleva sa casquette qu'elle agita comme un trophée.

– Je ne t'avais encore jamais vu porter quelque chose comme ça.

Dean avait mis pied à terre et courait ouvrir le coffre.

– Salut, Dean ! lui lança Stella.

– Salut. Je vais t'aider à porter tes valises.

– Y aura-t-il assez de place ? demanda-t-elle en se dirigeant vers l'arrière de la voiture. S'il y a déjà un vieux pneu sale dedans, je ne crois pas que mes valises…

Dean claqua aussitôt le couvercle du coffre.

– Tu as raison. Mettons-les sur la banquette arrière.

– Je me demande si elles tiendront, protesta Stella.

Ils sortirent de l'aéroport cinq minutes plus tard. L'une des plus grosses valises de Stella était posée sur le siège avant à côté de Dean. Ils avaient réussi à entasser les autres à l'arrière en laissant à peine assez de place pour Stella et Cody, ce qui ne semblait pas leur déplaire.

– Tu n'as pas l'air d'avoir changé une roue, Cody, dit Stella. Tu n'as pas du tout les mains sales. À mon cours dramatique, j'ai eu une scène qui commençait après que l'acteur qui jouait mon petit ami avait changé une roue. Mon partenaire s'était vraiment mis dans la peau de son personnage. Il s'était exercé pour suer à grosses gouttes et avait étalé plein de cambouis sur ses mains.

– Dean a toujours une boîte de lingettes dans le coffre, se hâta de répondre Cody. Il est paranoïaque quand il est question de microbes.

– C'est très bien, Dean, dit Stella en lui tapant sur l'épaule. Dans l'avion, il y avait un type qui éternuait et toussait sans arrêt. Il a sans doute contaminé tout le monde.

– Tu ne peux pas tomber malade juste avant notre film, commenta Cody en lui caressant l'épaule.

– Surtout pas ! renchérit Dean d'un ton qu'il essaya de rendre insouciant. Tu es notre star. Nous devrons bien te soigner.

– Eh bien, vous pouvez commencer par me nourrir. Je meurs de faim ! Où faut-il aller ? Puisque nous sommes à Hollywood, je veux en profiter.

– C'est vrai ? demanda Cody avec une expression peinée. Je croyais que Dean nous déposerait en ville et que nous passerions la soirée en tête à tête au loft. J'ai même acheté tout ce que tu préfères.

Stella effaça promptement sa mine déçue.

– D'accord, mon chéri. Mais demain soir, nous irons nous amuser. Personne n'a besoin de savoir pour toi et moi. Je serai simplement sortie dîner avec mes deux réalisateurs préférés, n'est-ce pas Dean ?

– Comme tu voudras, Stella.

– J'ai entendu parler d'un nouvel endroit à West Hollywood qui fait fureur, paraît-il. Cela s'appelle Uzi's. Pourquoi n'irions-nous pas là demain ?

Cody crut se trouver mal. L'anniversaire d'Abigail était justement le lendemain. Il parierait à dix contre un qu'elle sortirait le fêter quelque part. Mon Dieu, faites que ce ne soit pas chez Uzi ni à aucun autre endroit où nous pourrions aller, pria-t-il. Dean était tellement perturbé ces derniers temps que Cody se demandait comment il réagirait s'ils tombaient sur Abigail. Pour un type plutôt chétif, il pouvait devenir terrifiant.

8

Aussitôt après le coup de téléphone de Walter, Mugs se rendit au centre des seniors. Walter lui avait dit que les policiers chargés de l'enquête désiraient parler aux amis de Nicky. Cinq des personnes ayant connu Nicky au centre étaient déjà réunies dans la salle de jeux pour répondre aux questions.

Walter avait dit à Mugs que Nicky avait été retrouvé mort par terre dans sa cuisine. La gardienne avait sonné à la porte de Nicky parce qu'il avait laissé du linge dans l'unique machine à laver de la résidence et qu'elle ne voulait pas l'enlever elle-même. Sans réponse à ses coups de sonnette, elle avait regardé par la fenêtre, vu Nicky inanimé par terre et couru chercher des secours.

– D'autres personnes doivent-elles venir ? demanda un inspecteur à Walter.

– Je ne sais pas. J'ai laissé des messages sur les répondeurs de tout le monde…

– Eh bien, commençons.

Il fut établi que Nicky était venu au centre la veille, dans la matinée. À quatre-vingt-cinq ans, il était de nature taciturne. Il avait subi plusieurs crises cardiaques au fil des ans et, deux mois auparavant, en avait eu une autre qui, selon Walter, avait paru « le vider de sa substance ».

Walter se tourna vers Mugs et se pencha vers elle en posant une main sur son bras :

– Vous n'en diriez pas autant, Mugs ?

– Oui, tout à fait. Il était encore plus renfermé que d'habitude, répondit-elle en se reculant instinctivement.

– L'un d'entre vous avait-il les clefs de son appartement ? demanda l'inspecteur Vormbrock.

Avec un torse d'athlète, des cheveux blond cendré et une moustache, il était le plus jeune des deux policiers.

– Vous voulez rire ? répliqua avec emphase Loretta Roberts en battant des cils sur ses yeux bleu pâle. Nicky n'aurait jamais confié ses clefs à quelqu'un d'autre. Il contrôlait tout, c'était un solitaire. J'ai sonné chez lui une fois sans l'avoir averti de ma visite et il ne s'est pas montré très accueillant.

– Pourquoi aviez-vous sonné ? demanda l'inspecteur Nelson.

Il était mince, avec un teint olivâtre et des cheveux grisonnants. Son calme et son professionnalisme indiquaient qu'il pratiquait ce genre d'interrogatoires depuis des années.

– Pourquoi j'ai sonné ? répéta Loretta en riant presque. En fait, je n'avais pas *sonné* à proprement parler. Je suppose qu'il ne m'aimait pas. Je lui avais préparé un bon petit plat après sa dernière crise cardiaque. Il a pris la casserole, marmonné un vague merci et m'a fermé la porte au nez. Mais je ne suis pas rancunière, même s'il m'a rendu ma casserole avec du fromage encore collé sur les côtés.

Les inspecteurs restèrent impassibles.

– Donc, dit Vormbrock en tapotant son bloc-notes avec son crayon, il n'était pas homme à laisser entrer des inconnus chez lui ?

– S'il l'avait fait, j'en aurais été encore plus mortifiée, répondit Loretta avec un geste expressif de la main.

Leurs questions permirent aux inspecteurs d'apprendre que Nicky avait travaillé la plus grande partie de sa vie dans un magasin de revêtements de sols. Il s'était marié quand il avait une trentaine d'années, mais sa femme était morte cinq ans plus tard et il ne s'était jamais remarié. Il allait au centre plusieurs fois par semaine pour jouer aux cartes, sans manifester d'intérêt pour la danse ou les sorties du groupe au cinéma, bien qu'il connût tout le monde depuis dix ans.

– Il n'a jamais parlé de problèmes qu'il aurait pu avoir avec quelqu'un ? demanda Nelson.

– Non, répondit Mugs en secouant la tête. Il ne communiquait pour ainsi dire pas. Mais quand les gens rentrent chez eux, qui sait ce qu'ils font ?

Hilda, une blonde qui apprenait au groupe à danser le quadrille, avait écouté avec attention.

– Êtes-vous en train de rassembler des indices, inspecteurs ?

– Bien entendu.

– Lesquels, par exemple ?

– Désolé, madame, nous ne pouvons pas en discuter maintenant, répondit Vormbrock.

– J'adore les émissions policières, enchaîna Hilda. Je devine qui est le criminel presque toujours avant les policiers.

– Ainsi, dit Nelson avec un sourire poli, personne ne sait si Nicky avait des projets pour aujourd'hui ?

Ils secouèrent la tête en signe de dénégation.

Mais Walter ne voulait clairement pas en rester là.

– La gardienne de son immeuble a-t-elle vu des inconnus dans le voisinage ? demanda-t-il.

– Comme l'a déjà dit mon collègue, nous ne pouvons pas parler de l'affaire à ce stade ; mais si l'un d'entre vous peut se rappeler quelque chose qui nous serait utile, qu'il n'hésite pas à nous appeler. Nous allons vous donner nos cartes. Et, si vous n'y voyez pas d'inconvénient, nous aimerions connaître vos noms et vos numéros de téléphone. Nous pourrions avoir d'autres questions à vous poser à mesure que nous poursuivons l'enquête. Monsieur, ajouta-t-il en se tournant vers le seul homme qui n'avait pas encore pris la parole, avez-vous quelque chose à nous dire sur votre ami Nicky ?

Leo avait posé sa canne devant lui et la serrait à deux mains.

– Non. Hier matin, nous avons fait une partie de notre jeu de cartes préféré et j'ai gagné. Ça l'a rendu encore plus déplaisant que d'habitude de devoir me payer deux dollars. Sur le moment, je n'y ai pas prêté attention. Il n'avait jamais aimé perdre de l'argent. Maintenant, je me demande si quelqu'un d'autre avait pu le perturber.

En rentrant chez elle, Mugs n'éprouva pas la joyeuse impatience que lui inspirait normalement la visite prochaine de son amie Ethel. Cela aurait pu arriver à n'importe lequel de nous, pensa-t-elle après avoir vérifié trois fois la fermeture de ses verrous. Je suis contente d'aller vivre avec Charley, se dit-elle en se couchant. J'ai l'impression qu'Ethel va faire une meilleure affaire qu'elle l'espérait en achetant mon appartement.

9

Dans son appartement douillet de Venice Beach, Lois se félicita d'être enfin au lit et sous les couvertures. Le téléviseur était allumé, réglé sur une chaîne d'informations. Elle prit un tube de crème hydratante posé sur sa table de chevet, en pressa une dose sur sa paume. Elle commençait à se masser les mains quand une fanfare de trompettes retentit dans son téléphone portable et la fit sursauter. Il faut vraiment que je change cette sonnerie, se dit-elle en jetant un coup d'œil à son radioréveil. Il était vingt-deux heures deux. Qui pouvait bien appeler à cette heure-ci ? Depuis un moment, une règle tacite bannissait les appels après vingt-deux heures. Les messages écrits, oui. Les coups de téléphone, non.

– Allô.

– Lois, c'est Abigail. Excuse-moi de t'appeler aussi tard, mais je viens d'aller chercher mon amie Regan à l'aéroport. Nous sommes en voiture et nous allons chez Jimbo. Je me disais que si tu travaillais tard ce soir, tu pourrais peut-être nous y rejoindre.

– Merci, mais je ne peux pas. Je suis déjà couchée, je dois travailler de bonne heure demain matin.

– Je voulais juste te le demander.

– Pourquoi allez-vous chez Jimbo ? Cody n'y retournera sûrement pas ce soir.

– On le sait. Mais j'ai une photo de lui et Regan voudrait la montrer au personnel, pour voir si quelqu'un le reconnaît. En plus, nous avons aussi faim l'une que l'autre.

– Au fait, c'est demain ton anniversaire. Je sais que ta grand-mère arrive et que tu dîneras avec elle. Mais si Regan et toi sortez demain soir pour rechercher Cody, je me joindrais à vous avec plaisir. Je ne sais pas encore à quelle heure je serai libérée, mais je vérifierai et je t'appellerai dans la journée.

– Merci, Lois. Mais dis-moi, tu es sûre que c'est bien Cody que tu as vu l'autre soir ?

– Bien sûr, voyons !

– Bon, très bien. Regan me posait un tas de questions sur ce qui s'était passé quand tu l'avais vu. Tu t'es peut-être rendu compte que tu es sur le haut-parleur du portable.

– Salut, Lois ! dit Regan.

– Salut, Regan. J'ai beaucoup entendu parler de vous.

– Et moi, de vous. Abigail est enchantée que vous ayez vu Cody l'autre soir. Je lui demandais simplement s'il y avait par hasard une chance que ce n'ait pas été lui. Abigail m'a dit que tout s'était passé très vite.

– C'était bien lui, j'en suis certaine. Je n'ai vu Cody qu'une fois, mais je suis sûre de l'avoir reconnu. Et puis, qui d'autre que lui aurait eu une raison de s'enfuir en me voyant ? Ce type n'avait pas la conscience tranquille.

– Il n'y avait personne d'autre avec lui ?

– Non. Son associé n'était nulle part en vue, Dieu merci. J'espère ne jamais plus revoir sa figure. Je ne pouvais pas non plus le souffrir. Ces deux-là se conduisaient comme des mufles

Abigail regarda Regan et leva les yeux au ciel. Regan sourit.

– Que portait Cody quand vous l'avez vu ?

– Un jean, des baskets, une chemisette. Une tenue décontractée et même un peu défraîchie. Fripée.

– Fripée ? intervint Abigail. Vraiment ?

– Oui ?

– C'est bizarre.

– Pourquoi ?

– Quand nous sortions le soir, il était toujours sur son trente et un. Crois-le ou non, mais il était pointilleux pour certaines choses. Il ne mettait des baskets que dans la journée.

– Je peux t'assurer qu'il n'était pas sur son trente et un, s'esclaffa Lois. En fait, sa chemise avait l'air trop petite.

– Trop petite ? Il a pris du poids ?

– Comment veux-tu que je le sache ? En tout cas, il avait l'air très musclé. Il avait des gros biceps.

– Musclé ? répéta Abigail d'un ton incrédule. Cela se remarquait à ce point ?

– Il n'était pas en forme la dernière fois que tu l'as vu ?

– Si, mais personne en le voyant en chemise à manches courtes n'aurait pu dire de lui : « Quel athlète ! »

– Je ne qualifierais pas ce bon à rien d'athlète, mais il avait vraiment des bras de déménageur. Je suis dans le métier, c'est le genre de choses que je remarque. Le soir où tu l'as rencontré, il portait une veste, je ne pouvais donc pas voir ses bras. De toute façon, je m'en moquais bien.

– Le soir de la Saint-Valentin ! dit Abigail d'un ton écœuré. Tu te rends compte, Lois ? Nous aurions mieux fait de rester à la maison. Les filles qui sortent seules ce soir-là attirent les problèmes. Les dragueurs savent bien que si tu es seule, c'est parce que tu n'as personne dans ta vie. Si ton bon ami était absent, tu serais chez toi en attendait les chocolats qu'il t'aurait envoyés.

– Ou en admirant ses roses, dit Lois qui fixait des yeux à la télévision un gros plan d'une main de femme caressant un flacon de liquide à vaisselle. À la prochaine Saint-Valentin, je resterai chez moi et verrouillerai les portes.

– Il a peut-être dépensé mon argent pour un abonnement à vie dans un club de gym, soupira Abigail.

– En tout cas, il avait l'air en bonne santé.

– Je ne m'en sens pas mieux pour cela.

– Excuse-moi.

– Ce n'est pas grave, Lois. Je t'appellerai demain. Tu peux nous conseiller sur ce qu'il faut commander chez Jimbo ?

– Rien. La cuisine est infecte.

– Vraiment ?

– Oui ? J'avais commandé un hamburger, il était graisseux et les frites immangeables.

– Et ton ami, qu'est-ce qu'il a pris ?

– Une salade. Elle n'avait pas l'air plus appétissante.

– Qui était cet ami ? intervint Regan. S'il a remarqué quelque chose au sujet de Cody, cela nous rendrait service.

– C'était l'acteur du spot publicitaire dans lequel j'étais. Mais il était aux toilettes au moment où Cody a fait son apparition éclair.

– Bon, dit Regan. Eh bien, nous verrons si nous pouvons apprendre quelque chose.

Après avoir raccroché, Lois arrêta la télévision et éteignit la lumière. Elle était morte de fatigue et le lendemain promettait d'être une longue journée avec l'anniversaire d'Abigail. Pauvre Abigail, elle est dans un drôle de pétrin. Il faut que je l'aide à retrouver ce vaurien, se dit Lois en se laissant glisser dans le sommeil. Je lui dois bien cela. Il ne devrait pas s'en tirer sans punition avec ce qu'il lui a fait.

Ni ce qu'il m'a fait à moi.

10

Quand Regan et Abigail entrèrent chez Jimbo, l'endroit n'était pas bondé, mais il y avait assez de monde pour créer de l'animation. Il y régnait l'atmosphère détendue d'un bistrot de quartier, contrairement à certains des restaurants plus huppés qui étaient apparus depuis la rénovation du centre de Los Angeles.

– Lois devait être assise par là, dit Regan en désignant les tables à côté des fenêtres. Asseyons-nous au bar.

– Bonsoir mesdames, leur dit le barman en souriant quand elles prirent place sur deux tabourets. Qu'est-ce que je peux vous servir ?

Tout en parlant, il passa rapidement un torchon devant elles sur le comptoir.

Jeune d'allure, avec des cheveux bruns bouclés, il avait une large carrure et des anneaux d'argent de divers diamètres à l'oreille droite.

Elles commandèrent toutes deux du vin rouge.

– Tout de suite.

Un instant plus tard, Regan et Abigail trinquèrent. Abigail but une gorgée et regarda au-delà de Regan en direction des fenêtres.

– Je n'arrive pas à croire qu'il ait été sur le point d'entrer ici hier soir. Il était là, juste dehors ! Incroyable…

Regan balaya la salle du regard.

– Tu sais, Abigail, quelque chose me dit que s'il est venu seul à cette heure-là dans un endroit comme celui-ci, il devait être logé à proximité.

– C'est possible, admit Abigail. Il y a de beaux appartements dans ce quartier. Pourtant, Cody voulait toujours rester aux alentours de West Hollywood, où se retrouve la plupart des jeunes dans le milieu du cinéma. À mon avis, il ne viendrait de temps en temps par ici que pour se distraire, pas pour y habiter.

– Tu as peut-être raison, approuva Regan. Je peux voir sa photo ?

Abigail posa son verre.

– Elle est dans mon portefeuille, d'où elle n'a pas bougé depuis qu'il a disparu. Je l'ai toujours eue sur moi juste au cas où… au cas où je ne sais pas… Je pourrais tomber sur quelqu'un qui l'aurait vu quelque part. J'en suis malade, poursuivit-elle en tendant la photo à Regan. J'avais pris cette photo de lui quand il était venu me voir sur un tournage dans le Montana. Mon jour de repos, nous étions allés nous promener en voiture et nous nous étions arrêtés au bord d'un superbe lac. Je gardais toujours cette photo à mon poste de travail dans la caravane du maquillage et de la coiffure. Quelle stupidité !

Regan étudia la photo d'un Cody souriant assis sur un banc de parc, les bras étendus sur le dossier, avec un air de parfaite insouciance. On voyait en arrière-plan un vaste lac dont les eaux miroitaient sous la lumière du soleil couchant. En jean et chemisette blanche, il était indéniablement beau garçon.

– Pourquoi se serait-il donné la peine de venir me voir sur un tournage à l'extérieur s'il n'éprouvait aucun intérêt pour moi ? reprit Abigail. Ce n'était qu'en août dernier. Il a l'air heureux, n'est-ce pas ?

– En effet. Et je suis sûre qu'il t'aimait. Mais les gens font des grosses bêtises après avoir emprunté de l'argent. Qui sait dans quel guêpier il s'est fourré ?

– « Ne sois jamais prêteur ni emprunteur », disait toujours ma grand-mère en citant Shakespeare. J'aurais dû l'écouter, dit Abigail en buvant une gorgée de vin. Je me demande ce que devient son idiotie de film. Je n'avais aucun moyen de contacter l'autre imbécile, Dean. Et Cody n'avait pas le droit de me dire quoi que ce soit du scénario parce que Dean avait peur que quelqu'un vole leurs idées. Pour qui me prenaient-ils, ces deux-là ?

– Écoute, Abigail, nous nous lèverons de bonne heure demain matin et nous explorerons le terrain sans perdre une minute, dit Regan en faisant signe au barman, qui se précipita. Pouvons-nous commander quelque chose à manger ?

– Absolument. Nos plats du jour sont inscrits sur l'ardoise, mais nous avons aussi des menus.

– Avant que nous les regardions, j'ai une question à vous poser, dit Regan en lui montrant la photo de Cody. Nous cherchons ce type. Nous avons su qu'il est venu ici hier soir, mais qu'il n'est pas entré. L'avez-vous jamais vu ? Il était peut-être déjà venu un autre soir.

Le barman étudia attentivement la photo.

– Non, désolé. Il lui est arrivé quelque chose ? demanda-t-il en rendant la photo.

– Pas précisément. Il a vu une personne que nous connaissons assise près de la fenêtre et il a préféré ne pas entrer.

– Je n'étais pas là hier soir. Mais vous pouvez demander aux serveurs si vous vous voulez.

– Merci.

Aucun des serveurs n'avait vu Cody. L'un d'eux, qui était de service la veille, rendit la photo en disant d'un ton presque accusateur :

– Est-ce que je vous ai entendue dire qu'une de vos amies était à une table près de la fenêtre hier soir ?

– C'est une amie d'Abigail, répondit Regan. Nous pensons qu'il a changé d'avis en la voyant.

– Je comprends pourquoi ! dit le serveur en faisant le geste d'enfiler des gants. Elle est comme ça, votre amie ?

– Oui, elle porte toujours des gants.

– Un vrai paquet de nerfs. Je n'ai jamais entendu personne autant rouspéter pour un hamburger. Pitié !

– Désolée, dit Abigail en faisant une grimace. Quand on la connaît mieux, elle n'est pas si désagréable que ça.

– Je n'ai pas envie de mieux la connaître. Le type qui était avec elle a dû en attraper une indigestion. Mais laissez-moi vous dire une chose. Elle avait beau récriminer, elle a liquidé toute son assiette. Je me demandais si elle se déciderait à enlever ses gants et à prendre son hamburger avec les doigts.

– Ses mains paraissent dans des spots publicitaires. Elle n'enlève jamais ses gants en public de peur qu'il leur arrive quelque chose.

– Je sais. C'est la première chose qu'elle m'a dite quand je lui ai tendu la carte.

– Son ami fait le même métier, précisa Regan.

– Vraiment ? Lui, au moins, il ne portait pas de gants. Laissez-moi vous dire autre chose : j'espère qu'elle ne franchira jamais plus cette porte. Maintenant excusez-moi, je dois m'occuper de mes tables.

– À l'évidence, Lois fait une grosse impression là où elle passe, dit Regan en souriant. J'ai hâte de faire sa connaissance.

Elles commandèrent des ailes de poulet, des champignons farcis et un bol de chili. Tout était délicieux.

Abigail finissait une aile de poulet quand elle se tourna vers Regan.

– Tu ne crois quand même pas que j'aurai des ennuis avec la police à cause de la mort de ce vieux bonhomme ?

Il y a de quoi attraper une indigestion, pensa Regan.

– Non, je ne crois pas, répondit-elle en secouant négativement la tête. Tu n'es pas allée chez lui depuis des mois. Il était peut-être fâché contre toi, mais cela ne suffit pas à faire de toi une criminelle.

– C'était si bizarre de répondre à toutes ces questions. Je ne sais pas comment l'expliquer.

– Ce n'était sûrement pas facile pour toi, dit Regan avec sympathie. Subir un interrogatoire dans une affaire d'homicide n'est pas un bavardage insignifiant.

Abigail insista pour payer l'addition. En sortant du bistrot, elles roulèrent quelques minutes dans le quartier. Il était près de minuit et, un lundi, tout était calme.

– Tu dois être morte de fatigue, Regan, dit Abigail. Rentrons.

– Dans quelle maison séjournes-tu ?

– Une petite baraque qui appartient à un des acteurs du film pendant lequel j'ai eu mon accident.

– C'est vrai ?

– Il avait été très choqué que je sois aussi gravement blessée. Et puis, je l'ai rencontré au supermarché après avoir appris que ma propriétaire me donnait congé. Comme il devait s'absenter trois mois pour un tournage en Europe, il m'a demandé si je voulais bien garder la maison.

– Il a l'air sympathique. Ces producteurs ne seraient sans doute pas contents s'ils savaient qu'il t'aide à t'en sortir.

– Les producteurs n'aimeraient rien tant que je disparaisse de la circulation.

Charmant, pensa Regan quand elles s'engagèrent sur la voie rapide. Elle regardant sa montre, il était minuit juste.

– Bon anniversaire, Abigail.

Abigail leva les yeux au ciel.

– Nous verrons bien.

11

Après avoir déposé les tourtereaux au loft, Dean alla directement à un club de gym de West Hollywood ouvert vingt-quatre heures sur vingt-quatre. Il n'avait jamais éprouvé de besoin aussi impérieux de relâcher un peu la pression et de commencer à se développer les pectoraux. Il était passé des milliers de fois devant Nonstop Fitness sans que son ombre en ait effleuré le seuil. Maintenant, le moment était venu. Sa journée avait été particulièrement abominable et Cody lui faisait perdre la raison. Il se rappelait avoir reçu, quelques jours auparavant, un prospectus offrant en promotion une journée gratuite. Il l'avait fourré dans son portefeuille et l'offre était valable jusqu'à la fin du mois.

Par le passé, Dean était trop radin pour se payer un abonnement dans un club de mise en forme. Au cours des deux dernières années, il était rarement resté en ville parce qu'il parcourait tout le pays comme assistant de production. Ses fonctions consistaient essentiellement à galoper sur le plateau pour exécuter les ordres d'assistants réalisateurs ne sachant communiquer qu'à pleins poumons. De temps à autre, Dean faisait du jogging, sans jamais avoir été tenté d'en prendre l'habitude. Jusqu'à présent, l'exaltation du coureur lui échappait. Les légères sensations de bien-être qu'il avait ressenties s'évanouissaient très vite. Ce soir, finalement, il se rendait compte que pour sa santé mentale, il avait besoin de se dépenser physiquement.

Nonstop Fitness était situé sur Santa Monica Boulevard, au cœur de West Hollywood. Comme on pouvait s'y attendre, il n'y avait aucun moyen de se garer devant. Dean ignorait si l'aire de parking de l'immeuble était accessible gratuitement aux clients du club et n'avait pas envie de prendre de risque. Payer le parking de l'aéroport l'avait déjà assez contrarié. Il tourna donc lentement dans les rues autour du club et finit par repérer un espace exigu dans une petite rue sombre.

En tirant la langue pour mieux se concentrer, il fallut à Dean trois tentatives avant de garer son anonyme berline et il réussit enfin son créneau sans déclencher l'alarme des autres voitures. Pas étonnant que je ne fasse pas plus souvent ce genre d'exercices, se dit-il en prenant sa sacoche avant de mettre pied à terre. Il ouvrit le coffre, que Stella avait cru encombré par un pneu sale, y déposa la sacoche et prit une paire de baskets, qu'il gardait sous la main au cas où il aurait mal aux pieds quand il travaillait toute la journée. S'il ne les portait pas souvent pour faire de l'exercice, elles étaient au moins confortables. Ceci fait, il referma le coffre et se dirigea vers le bout de la rue. Marcher dans la fraîcheur de la nuit était bien agréable. On peut dire tout ce qu'on veut de Los Angeles, pensa-t-il, mais le climat est imbattable.

À l'intérieur du club, le jeune homme basané assis au comptoir l'accueillit avec un regard méfiant.

– Je peux voir votre carte de membre ?

– J'ai une invitation gratuite.

– Vous pouvez me la donner, s'il vous plaît ?

– Est-ce que quelqu'un peut me montrer comment fonctionnent les machines de musculation ?

– À cette heure-ci ? demanda le réceptionniste d'un ton méprisant. Vous voulez rire. Nous ne restons ouverts tard que pour accommoder nos clients dont les horaires les empêchent de venir pendant les heures normales. Si vous voulez payer les services d'un entraîneur, je peux en appeler un qui arrivera d'ici une demi-heure.

– Non merci, laissons-le se reposer. Je voudrais acheter un short et un T-shirt.

Dix minutes plus tard, après s'être changé au vestiaire, Dean prit l'ascenseur et monta à l'étage. Quand la porte s'ouvrit sur un espace caverneux, il fut accablé. Des machines de toutes sortes s'étalaient à perte de vue. Il faillit battre en retraite. Si je suis venu ici pour soulager mon stress, se dit-il, je dois être cinglé. Les gens qui s'évertuaient sur les machines donnaient l'impression d'y avoir passé leur vie. Ils lui rappelaient les jeunes crâneurs de sa classe, à l'école, qui traînaient toujours dangereusement près de son armoire au vestiaire et qu'il faisait tout pour éviter.

Dean se dirigea vers une rangée de tapis roulants inoccupés, en trouva un qui n'avait l'air trop compliqué. Il monta dessus et régla la machine sur un programme de quarante-cinq minutes. Il avait récemment entendu dire que c'était la bonne durée si on voulait vraiment s'exercer pour chasser de son système les toxines néfastes et voir la vie du bon côté. Voyons si ça fait un peu d'effet, pensa-t-il en commençant à marcher.

Au bout de deux minutes, Dean crevait d'ennui. J'ai horreur de ce truc, pensa-t-il. Continue, s'ordonna-t-il. Un pied devant l'autre. Il pensa aux investisseurs qu'ils devaient voir le lendemain pour conclure leur accord. Il y en avait deux, dont aucun ne manifestait de véritable intérêt pour l'art de la cinématographie. L'un était un riche vieillard qui aimait aller au cinéma. Une fois le film terminé, il voulait inviter ses amis à une projection privée suivie d'une grande fête.

« Ce qui me plaît, avait-il dit, c'est que votre film ne dure pas plus de trente minutes. C'est bien assez long. Mes amis dormiraient s'il durait plus longtemps. »

L'autre investisseur potentiel était une jeune femme divorcée depuis peu d'un mari très riche. Elle s'ennuyait et passait le plus clair de son temps à courir les boutiques. Pourvu qu'elle ne tombe pas amoureuse de Cody elle aussi, pensa Dean. J'en deviendrais cinglé.

Ensuite, le mercredi, ils devaient aller chez un couple à la retraite qui avait toujours rêvé d'être dans le show-business. Leur fils avait une maison dans le Vermont où ils devaient aller lui rendre visite à la fin janvier. S'ils investissaient dans le film, ils voulaient passer du temps sur le tournage. Ils avaient même déjà suggéré que leurs petits-enfants soient des figurants. Seigneur ! pensa Dean. Il n'avait pas pu faire autrement qu'accepter.

« Il faut venir déjeuner à la maison », lui avaient-ils dit.

Reste à voir s'ils sortiront tous leur argent, s'inquiéta Dean pendant que le tapis accélérait l'allure. Ils ne mettent que vingt-cinq mille dollars chacun, mais Cody et lui avaient besoin du moindre centime. Les dépenses continuaient à s'accumuler. Et maintenant, ils allaient devoir emmener Stella dans des restaurants qui n'étaient pas réputés pour modérer leurs prix, et cela plusieurs jours d'affilée.

Dix minutes passèrent. Vingt. Trente. C'est incroyable que je sois allé jusque-là, se félicita Dean, le front ruisselant de sueur. Quarante. Le tapis roulant commença à ralentir. Dean était enchanté. J'y arrive ! Quarante-deux. Quarante-trois. Je soulèverai quelques poids et je rentrerai ensuite dans cet appartement minable de Malibu. Les gens croient qu'une adresse à Malibu veut dire quelque chose. Ils devraient voir le taudis que nous avons loué l'année dernière. Mais je n'en aurai plus pour longtemps à y vivre, se promit-il. Et ce soir, je n'en souffrirai pas autant. Quarante-cinq minutes. Le tapis roulant s'immobilisa.

Dean poussa un soupir de soulagement. Il descendit de la machine. La tête lui tournait, mais de manière agréable. Marcher comme cela trois quarts d'heure fait vraiment une différence, pensa-t-il. Il se sentait encore bouger. Mais attendez… Quelque chose n'allait pas. Le bâtiment entier tremblait ! Les gens se mettaient à crier et à courir vers les portes. Dean agrippa les poignées du tapis roulant, mais trop tard, et il tomba sur les fesses.

Un tremblement de terre venait encore de frapper Los Angeles.

Tandis que tout le monde courait se mettre à l'abri, Dean courba la tête, se protégeant avec les mains. Tout va bien, se dit-il avec une ironie amère. Ne t'inquiète pas, tu t'en sortiras. Quand les secousses stoppèrent, il se rendit compte qu'elles n'avaient pas duré très longtemps, pas plus de dix à quinze secondes. Il se força à se relever. Séance gratuite ou pas, je me suis fait mal au dos, il faut sortir d'ici.

Le vestiaire était plein de gens qui n'avaient qu'une hâte, celle d'empoigner leurs affaires et de rentrer chez eux. Le séisme lui-même avait été relativement bénin, mais la menace de répliques plus sévères n'était pas écartée.

AU VOLEUR !

Dean ne prit même pas le temps de se changer. Dans la rue, les alarmes de voitures retentissaient partout. Il voulut courir, mais il dut s'arrêter. Il avait trop mal au dos. Marchant aussi vite que possible, il arriva à la rue où il s'était garé et stoppa net. Un cri de détresse lui échappa : le coffre de sa voiture était grand ouvert ! Il lui était arrivé deux ou trois fois de ne pas se bloquer à la fermeture et Dean ne s'en était rendu compte que quand il se rouvrait. Les secousses du tremblement de terre avaient dû provoquer son ouverture. Mal au dos ou pas, il se précipita.

– Oh, non ! hurla-t-il. Non !

Non seulement il n'y avait aucun pneu crevé dans le coffre, mais il n'y avait pas non plus trace de sa précieuse sacoche ! La sacoche qui contenait toutes les données essentielles concernant son film.

Mardi 13 janvier

12

– J'ai toujours aimé Laurel Canyon, dit Regan quand Abigail tourna à droite sur Sunset Boulevard pour entamer l'ascension des collines de Hollywood.

– Moi aussi, répondit Abigail. Il a un charme très particulier. On a l'impression d'être à des kilomètres de la frénésie de la ville alors qu'on en est tout près. Et j'adore tous ces virages, dit-elle en enchaînant une série d'épingles à cheveux avant de tourner dans un sentier étroit en pente rude.

Le moteur toussa, Abigail rétrograda et pressa plus fort l'accélérateur.

– Nous prenons de l'altitude, commenta Regan.

– Tu peux le dire.

Elles poursuivirent leur chemin le long de la rue sombre et retirée où ne se dressaient qu'une poignée de maisons, et en suivirent les sinuosités jusqu'au sommet.

– Nous y voilà, dit Abigail en s'arrêtant devant un haut portail de bois.

Elle ouvrit sa vitre et tendit le bras pour composer un code sur un boîtier de sécurité. Le portail s'ouvrit.

Ça ne sera peut-être pas si mal, après tout, pensa Regan. Mais quand elles obliquèrent à droite pour gagner l'entrée, l'aspect de la maisonnette perchée sur des échasses rappela à Regan les cabanes construites dans les arbres. Pourquoi cette bicoque a-t-elle besoin d'être gardée ? se demanda-t-elle. Un couple de vautours suffirait.

– C'est charmant, n'est-ce pas ? demanda Abigail.

– Plutôt, oui, approuva Regan.

– Mon ami Brennan, le propriétaire, y a énormément travaillé. C'est un bricoleur hors pair. Il a construit lui-même une plate-forme à l'arrière et a fabriqué presque tous ses meubles.

– Admirable, dit Regan. Je dois dire que je n'ai jamais connu d'homme aussi doué.

– Moi non plus. Je crois que mon père n'a jamais changé une ampoule de sa vie.

Abigail gara la voiture dans l'emplacement aménagé sous la maison. Elles mirent pied à terre, prirent les bagages de Regan dans le coffre et revinrent sur le sentier.

– Quelle vue ! dit Regan en regardant le panorama des lumières de la ville.

– C'est tout l'intérêt de cette maison, dit Abigail. La vue.

En effet, pensa Regan.

– Viens, dit Abigail. Nous entrerons pas la porte de derrière, c'est plus facile.

Regan suivit Abigail sur un chemin dallé en faisant rouler sa valise. Des cellules détectrices des mouvements avaient déjà allumé les lampes qui éclairaient en partie le jardin vertical.

– La pente est rude, observa Regan.

– Je sais. Il faut être une chèvre pour monter jusqu'en haut.

En arrivant aux marches donnant accès à la plate-forme, Regan souleva sa valise qu'elle prit par la poignée.

– Je voudrais bien pouvoir t'aider, dit Abigail.

– Ne t'inquiète pas, voyons.

Elles traversèrent le plancher en bois de séquoia et s'arrêtèrent devant la porte de derrière de la maison.

– J'adore m'asseoir ici, dit Abigail. C'est si paisible, si retiré. J'ai l'impression de communier avec la nature.

Elle mettait la clef dans la serrure quand la terre commença à gronder. Il ne leur fallut qu'une fraction de seconde pour comprendre ce qui arrivait.

– Regan ! cria Abigail dans un assourdissant bruit d'explosion.

– Écartons-nous de la maison ! ordonna Regan en prenant Abigail par son bras valide.

Elles s'éloignèrent de quelques pas pendant que la terre tremblait. Regan agrippa la balustrade de la plate-forme.

– Mets-toi à genoux !

Elles se laissèrent tomber à plat ventre en couvrant leur tête de leurs mains. Quelques secondes plus tard, les secousses cessèrent.

– Attendons, dit Regan. Soyons certaines que...

On n'entendit plus qu'un silence inquiétant.

– Ce n'était pas si terrible, dit Regan avec optimisme.

– Je n'ai jamais été ici pendant un tremblement de terre, dit Abigail en reprenant haleine.

– Moi, une fois. Il n'était pas très méchant non plus, comme celui-ci. Heureusement, personne n'avait été blessé.

– C'est l'essentiel, Regan. Avec un peu de chance, cela décidera peut-être ma grand-mère à retarder son voyage.

– J'admire ta capacité de voir tout de suite le bon côté des choses, Abigail.

– Merci. Remarque quand même que c'est arrivé le jour de mon anniversaire.

– Cette idée m'a traversé l'esprit.

Abigail hésita :

– Crois-tu que ce soit prudent d'entrer à l'intérieur ?

– Cette maison est-elle construite selon les normes antisismiques ? demanda Regan.

– Elle a résisté, n'est-ce pas ?

– Tu as raison. Ce sont les pilotis qui m'inquiètent un peu.

– Brennan m'a affirmé que tout a été fait conformément aux normes. Aucune raison de s'inquiéter, la maison est sûre et solide.

– Parfait. Dans ce cas, entrons.

Abigail déverrouilla la porte, l'ouvrit et alluma la lumière. Elles entrèrent par la cuisine et firent le tour des lieux.

Regan vit que tout était comme elle l'avait imaginé – murs et planchers en bois, plafonds renforcés par des rondins, comme si la maison avait spontanément poussé au flanc du canyon. Il régnait même une odeur de terre, à laquelle il allait falloir s'habituer. Mais l'ensemble ne manquait pas de charme. Dans le living, un vase était tombé sur le plancher où il s'était brisé. Quelques autres objets avaient été délogés des étagères par la secousse.

– Cela n'a pas l'air trop grave. Laisse-moi d'abord te montrer ta chambre. Je nettoierai demain, dit Abigail.

– Nous ferons le ménage ensemble, répondit Regan.

Elles prirent un petit couloir. Dans la chambre de Regan, l'aspect de la tête de lit en bois brut lui fit craindre la présence d'échardes. Elle fut quand même contente de voir un téléviseur sur la commode, elle aussi en bois.

– Allumons-la pour voir s'ils parlent d'une possibilité de répliques au tremblement de terre, suggéra Regan.

Abigail manœuvra la télécommande. Comme prévu, des équipes de journalistes avaient été dépêchées dans toutes les directions pour rendre compte des dégâts, mais rien de grave n'était signalé jusqu'à présent. Il y avait çà et là des coupures d'électricité et on rapportait quelques cas de bouteilles et de boîtes de conserves chassées de leurs étagères dans des épiceries. Il y avait déjà eu des répliques, mais elles avaient été à peine perceptibles.

Le téléphone sonna.

– Dix contre un que c'est Brennan, dit Abigail. Il est en Europe mais les nouvelles vont vite.

Elle se hâta d'aller décrocher dans la cuisine.

– Tout va bien, l'entendit dire Regan. Quelques bricoles cassées… Non, tes trophées de cinéma sont toujours sur les étagères.

Regan s'assit sur le lit et regarda le reportage de la télévision. Il faut que je trouve le courage de vider cette valise, pensa-t-elle pendant que des journalistes demandaient aux gens comment ils avaient ressenti le tremblement de terre. Un instant plus tard, Abigail la rejoignit.

– Je viens de penser à quelque chose, Regan.

– Quoi donc ?

– Je garde deux autres maisons. Les propriétaires savaient que je n'y coucherais pas la nuit, mais je ferais quand même mieux d'aller vérifier. Il pourrait y avoir des problèmes avec l'eau ou le gaz. Reste ici, je serai de retour dès que…

– Pas question d'y aller toute seule, Abigail ! J'y vais avec toi, bien entendu. Au fait, où sont-elles, ces maisons ?

Abigail prit une mine contrite :

– Il y en a une à Malibu et l'autre dans la Vallée.

Nous ne serons pas rentrées avant l'aube, se dit Regan avec lassitude, mais fais quand même bonne figure.

– Pas de problème, dit-elle en souriant. Donne-moi juste une minute pour me rafraîchir.

– Tu es sûre, Regan ?

– Évidemment, j'en suis sûre.

La salle de bains de sa chambre lui rappela un campement scout auquel elle avait participé longtemps auparavant. Le lavabo, la douche et les toilettes avaient l'air d'être sortis tout droit de la nature. Mais il n'y a rien de tel que l'eau courante pour se sentir mieux, se dit-elle en s'aspergeant le visage d'eau fraîche.

Il était près d'une heure du matin lorsque les deux anciennes voisines de palier s'aventurèrent dans la nuit.

– Maintenant, Regan, dit Abigail en fermant la porte à double tour, tu ne peux plus te moquer de moi quand je te dis que je suis maudite. Ce qui arrive en est la preuve, non ?

– J'espère que cette malédiction n'est pas contagieuse, Abigail.

Elles descendirent en riant le sentier dallé vers la voiture, sans se douter qu'un intrus perché sur la colline surveillait leurs faits et gestes.

13

Il fallut à Mugs un moment avant de pouvoir s'endormir. Elle rêva qu'elle appelait sa sœur pour lui parler de ce qui était arrivé à Nicky, mais le téléphone de Charley sonnait, sonnait sans que personne ne décroche. Puis, dans son rêve, Mugs entendit frapper à sa porte. Quand elle alla ouvrir, Nicky se tenait sur le seuil. Mugs se mit à crier, se sentit vaciller et ouvrit soudain les yeux. Elle vacillait, en effet, mais la pièce entière se balançait elle aussi.

– Un tremblement de terre ! cria-t-elle en se levant d'un bond.

À l'abri, à plat ventre, la tête protégée, Mugs connaissait la manœuvre, Harry la lui avait inculquée. S'il y avait eu une personne mieux préparée que Harry à affronter un tremblement de terre, Mugs aurait aimé la connaître. Elle empoigna la torche électrique sur sa table de chevet et glissa ses pieds dans les « sandales d'urgence », affreuses mais solides, qu'elle posait tous les soirs près du lit. Harry leur en avait acheté à chacun une paire au cas où ils auraient dû « courir comme des lapins ». Mugs n'avait jamais eu le courage de ranger celles de Harry après sa mort. Elles étaient toujours là, de son côté du lit.

Mugs se précipita vers la porte et s'accroupit en se protégeant la tête et le cou à deux mains. Oh Harry, pensa-t-elle. Souviens-toi de la dernière fois où nous avons eu un tremblement de terre en pleine nuit. Ils s'étaient abrités à cet endroit même, serrés l'un contre l'autre. Je fais tout ce que tu m'as appris. Je porte ces horribles sandales. Si seulement tu étais encore là...

Les secousses cessèrent quelques secondes plus tard. Mugs poussa un soupir de soulagement.

– Dieu merci, murmura-t-elle.

Son téléphone sonna au même moment. Elle alluma la lumière et courut vers son lit.

– Allô ?

– Mugs, c'est Walter. Vous allez bien ?

– Oui. Comment avez-vous fait pour m'appeler aussi vite ?

– Votre numéro est en mémoire, Mugs, je n'ai eu qu'à presser une touche. Ça ne m'avance pourtant à rien.

Mugs ne releva pas.

– Merci de prendre de mes nouvelles, je l'apprécie.

– Voulez-vous que je vienne ? Il ne me faudrait que quelques minutes...

– Non.

– Il peut y avoir des répliques.

– Je sais. Je vis en Californie depuis longtemps.

– Quelle journée, n'est-ce pas ?

– Vous pouvez le dire. Je rêvais justement de Nicky.

– Dommage que ce ne soit pas de moi.

Mugs leva les yeux au ciel. Ce type ne se décourageait jamais ! Une bonne raison de plus pour quitter la ville.

– Je crois que je vais m'installer en Floride pour être avec ma sœur, Walter.

– Quoi ? Vous allez me faire pleurer, Mugs.

– Allons, Walter, ça suffit.

– Mon copain se fait assassiner et vous quittez la ville. Comme on dit, il ne faut pas être une mauviette quand on devient vieux.

– Je ne savais pas que Nicky et vous étiez aussi intimes.

– Intimes, peut-être pas, mais nous étions bons copains. J'allais chez lui de temps en temps regarder un match. Il gardait ses distances avec tout le monde.

– Je me demande si la police a réussi à contacter sa nièce.

– Je n'en sais rien. Mais je peux vous dire qu'elle ne versera pas beaucoup de larmes. Je l'ai rencontrée, il y a quelques semaines, quand Nicky était à l'hôpital. Elle faisait la navette entre San Diego et ici pour s'occuper de lui. Nicky était d'une ingratitude ! Il croyait qu'elle venait le voir uniquement pour s'assurer qu'elle était bien sur son testament. J'ai eu l'impression qu'il comptait ne rien lui laisser du tout.

– Si elle représente sa seule famille, à qui laissera-t-il son argent ?

– Il disait qu'il le léguerait à l'hôpital de Long Beach qui a soigné sa femme. Ils donneraient son nom à une chambre, pensait-il.

– Une chambre ? Combien avait-il d'argent ?

– Ma mère m'a appris qu'il était impoli de demander aux gens combien d'argent ils avaient à la banque.

– On m'a appris la même chose, dit Mugs sans pouvoir s'empêcher de sourire.

– Dites, Mugs, qu'allez-vous faire de votre appartement ? Le marché n'est pas bon pour les vendeurs, ces temps-ci. Vous ne feriez pas mieux d'attendre que la situation se rétablisse ?

– Une de mes amies d'école, Ethel Feeney, envisage de l'acheter pour sa petite-fille. Ethel arrive demain et restera chez moi. Nous verrons si nous pouvons nous entendre sur le prix.

– Le moment est bien choisi ! Négocier la vente de votre appartement le lendemain d'un tremblement de terre...

– Merci, Walter.

– Sa petite-fille vit ici en ce moment ? demanda Walter en riant.

– Oui. Elle est coiffeuse dans le cinéma.

– Comment s'appelle-t-elle ?

– Elle est trop jeune pour vous, Walter.

– De quoi parlez-vous ? Je ne me suis jamais intéressé qu'aux femmes de ma génération. Pas comme Nicky.

– Qu'est-ce que vous voulez dire ?

– Rien, je plaisante. Il y a huit appartements dans le petit immeuble qu'il habitait. À part la gardienne qui a la soixantaine, les autres sont occupés par des femmes jeunes, plus jolies les unes que les autres. Je le taquinais souvent à ce sujet. Il grommelait que sa femme et lui habitaient là bien avant qu'elles soient nées et qu'il ne voyait pas pourquoi il devrait déménager.

– J'espère qu'une de ces jeunes et jolies filles a vu quelque chose qui pourrait faire avancer l'enquête.

– Eh ! C'en est peut-être une qui l'a trucidé. On ne sait jamais.

– De toute façon, Nicky devait connaître celui ou celle qui l'a tué. Il n'aurait jamais laissé un inconnu entrer chez lui et il n'y avait pas de trace d'effraction. C'est ça le plus effrayant.

– Vous avez raison. Les policiers interrogent certainement tout le monde. Vous êtes toujours sûre de ne pas vouloir que je vienne ?

– Absolument. Bonne nuit, Walter.

Mugs raccrocha et se débarrassa de ses sandales.

– J'espère bien ne plus jamais avoir besoin de les mettre, marmonna-t-elle.

Ses mules en tissu-éponge ornées de flocons de neige brodés reprendraient du service dès le lendemain matin.

Mugs alluma la télévision. Toutes les chaînes diffusaient en continu des reportages sur le tremblement de terre, mais Mugs ne pouvait penser qu'à Nicky. Qu'il ait assez d'argent pour faire donner le nom de sa femme à une chambre d'hôpital était incroyable. Elle se rappela ce que Harry répondait toujours quand on lui demandait quel était le sujet du film sur lequel il travaillait : « L'histoire se résume toujours à l'amour ou à l'argent. Mon travail consiste à ce que les éclairages soient bons. »

Nicky n'avait sûrement pas été tué par un amant jaloux. Ce serait encore plus étonnant que d'apprendre qu'il avait beaucoup d'argent.

Mais alors, qui était l'assassin ?

Et où était-il en ce moment ?

14

Pour les inspecteurs Vormbrock et Nelson, la journée avait été longue. De retour au commissariat de West Hollywood, ils buvaient du café en réexaminant leur enquête. L'autopsie de Nicolas Tendril devait avoir lieu le lendemain matin. Le fait qu'il ait été poussé assez violemment pour le faire tomber à la renverse et se fracasser la tête sur le mur de la cuisine, à quelques centimètres de l'horloge murale, était à peu près avéré. Son corps avait ensuite glissé jusqu'au sol.

– S'il avait heurté l'horloge assez fort pour la casser, nous connaîtrions l'heure exacte de sa mort, observa Vormbrock avec une ironie désabusée.

– Oui, il l'a ratée de peu, approuva Nelson d'un signe de tête. Nous savons au moins qu'il n'était pas mort depuis longtemps quand nous sommes arrivés. Dommage que cette soupe encore sur le fourneau ait été son dernier repas. Elle empestait tout l'appartement.

– Ça ne sentait pas bon, c'est vrai.

Un reçu trouvé dans sa poche indiquait que Tendril avait retiré cinq mille dollars de sa banque à onze heures dix ce matin-là. On ignorait ce qu'il avait fait ensuite. Selon Gloria Carson, la gardienne de l'immeuble qui habitait elle aussi au rez-de-chaussée, elle était revenue un peu après quatorze heures de son travail à temps partiel au cabinet d'un dermatologue. Un moment plus tard, elle était allée faire une lessive dans l'unique machine à laver collective de l'immeuble, installée dans un appentis de la petite cour intérieure. La machine était pleine de vêtements masculins, qu'elle avait reconnus comme appartenant à Nicky. Toucher les vêtements des autres, propres ou sales, lui « donnant des boutons », elle avait frappé à sa porte. Faute de réponse, elle avait regardé par la fenêtre de la cuisine, vu Nicky étendu par terre à l'autre bout de la pièce et pensé qu'il avait été victime d'une nouvelle crise cardiaque.

Elle avait alors couru à son appartement, appelé les secours, pris un passe et était entrée chez Nicky. La première fois qu'elle l'avait aperçu par terre depuis la fenêtre, elle n'avait pas vu son visage caché par le réfrigérateur. De ce côté-là de la pièce, il y avait une rangée de placards muraux au-dessus d'un comptoir qui servait de bureau à Nicky. Son corps était tombé entre les placards et le réfrigérateur.

Ce n'était donc qu'après être entrée et s'être précipitée vers lui que Mrs. Carson avait vu le sang répandu autour de sa tête. Elle s'était agenouillée pour la lui soulever, mais il était manifestement déjà mort. Bouleversée, presque hystérique, elle avait couru à la porte d'entrée en entendant la sirène de la voiture de police et ouvert la porte avec ses mains ensanglantées. Le moins qu'on puisse dire, c'est que ses gestes irréfléchis avaient sérieusement compromis la recherche d'indices sur la scène de crime.

Les inspecteurs avaient fouillé tout l'appartement au cours des heures suivantes. Ils avaient trouvé le reçu, mais aucune trace d'argent liquide dans les autres pièces. Ils avaient interrogé beaucoup de gens sans encore avoir de suspect plausible.

– Quelqu'un aurait pu le suivre depuis la banque jusque chez lui, dit Vormbrock en fixant ses notes des yeux.

– Ce n'est pas impossible, répondit Nelson. Mais il était rentré chez lui plusieurs heures avant sa mort. Le criminel aurait pu le suivre et attendre le moment propice pour l'agresser. La casserole de soupe sur le fourneau était encore tiède, j'imagine donc qu'il était chez lui depuis un moment avant qu'on le tue. Le cycle de la machine à laver où la gardienne a trouvé sa lessive était terminé. Mais comment celui qui l'aurait suivi se serait-il introduit dans l'appartement ? Il a été agressé dans la cuisine, donc pas comme s'il avait ouvert la porte d'entrée et que l'intrus ait voulu forcer le passage. Dans ce cas, il serait tombé dans le living. L'assassin doit donc être quelqu'un qu'il connaissait.

– En tout cas, on peut parier sans risque que l'assassin en question est maintenant plus riche de cinq mille dollars, soupira Vormbrock. Tuer un homme pour cinq mille dollars ?...

– Mais d'abord, pourquoi a-t-il retiré cette somme ? Selon ses relevés, il n'avait jamais fait de gros retraits en liquide, dit Nelson qui se leva pour se verser une nouvelle tasse de café. Cette Gloria Carson... Elle ne veut pas toucher de lessive propre, même humide, mais n'hésite pas à se mettre plein de sang sur les mains, c'est quand même curieux. Elle n'avait pas besoin de le toucher.

– C'est commode, n'est-ce pas ?

– Oui, pour quelqu'un voulant faire croire qu'il est innocent.

Ils regardèrent encore une fois la liste des personnes interrogées.

– Et cette Abigail Feeney ?

– Ce type n'avait pas beaucoup de fans, répondit Nelson avec un haussement d'épaules. Elle est l'une des rares personnes qui se soient donné la peine de lui rendre service – elle lui coupait les cheveux gratuitement. Il avait l'air d'avoir grand besoin d'une coupe de cheveux au moment de sa mort. Je ne sais pas quoi penser.

– Elle a été blessée sur son lieu de travail et a engagé un avocat pour obtenir un dédommagement de la société de production. C'est un élément à prendre en compte.

– Ce n'est pas impossible… Allons bon !

Nelson buvait une gorgée de café quand la terre se mit à trembler. Les deux hommes coururent s'abriter dans l'encadrement de la porte.

15

Dean décida qu'il n'avait pas d'autre choix que de porter plainte pour vol. Il claqua rageusement son coffre et appela les renseignements pour demander l'adresse du commissariat de police de West Hollywood. Notre merveilleux scénario dans les mains d'un voleur ! pensait-il en se dégageant à grand-peine de son petit espace de parking. Tout ce travail ! Tous mes papiers ! Cette fois, c'est au tour de Cody d'être furieux contre moi. Son nom est sur le scénario. Il n'aurait pas voulu porter plainte, mais je ne peux pas faire autrement. Et si son nom se trouvait dans les fichiers de la police ? Ma plainte ne figurera pas dans le journal, nous ne sommes pas encore célèbres. Pas un journaliste n'y fera attention. Ils ne lisent les mains courantes de la police que pour trouver des affaires juteuses où seraient mêlées des célébrités.

Au commissariat, l'agent auquel Dean s'adressa avait manifestement d'autres soucis en tête. Son manque d'intérêt pour cette histoire de vol à la roulotte était décourageant, pour ne pas dire plus.

– Que contenait la sacoche ? demanda-t-il d'un air narquois.

– Des papiers personnels. Un scénario que j'ai écrit et que je vais produire et réaliser.

– Pas de téléphone, d'ordinateur, d'argent liquide ?

– Non, rien de semblable. Ces choses-là seraient plus faciles à remplacer, croyez-moi, répondit Dean en haussant le ton.

– Vous n'avez pas de copie de votre scénario sur le disque dur d'un ordinateur ?

– Si, bien sûr. J'ai aussi sauvegardé des e-mails dont un certain nombre concerne des informations contenues dans la sacoche. Mais ce ne sera pas facile à reconstituer et je suis pressé par le temps.

– En ce moment, nous sommes très occupés par un tremblement de terre.

– Je sais.

– La sacoche elle-même a-t-elle de la valeur ?

– Non, admit Dean, un peu gêné. C'est un de ces sacs en nylon, légers mais solides. Je ne dirais pas qu'il a une grande valeur, mais on peut y mettre plein de choses. Il est noir avec une fermeture à glissière et une bandoulière pour le porter à l'épaule…

L'agent fronça les sourcils en levant la main, signal universel signifiant que cela suffisait.

– Excusez-moi, dit Dean, je suis sans doute trop bavard. Mais ce qui m'arrive est très contrariant.

– Il y a de fortes chances pour que le voleur jette le sac dans une poubelle quand il se rendra compte qu'il n'y a rien dedans dont ils puisse se servir.

– Vous croyez ? gémit Dean.

– Oui. Établissons un procès-verbal. Si quelqu'un nous rapportait votre sacoche, nous pourrons vous avertir.

– Je devrais peut-être faire le tour des rues du quartier et regarder dans les poubelles.

– Passez aussi par les ruelles.

– Je n'ai pas de lampe électrique, dit Dean d'un ton pitoyable. À cette heure-ci, il n'y a aucun endroit encore ouvert où je puisse en acheter une.

Sans changer d'expression, l'agent ouvrit un tiroir.

– J'en ai une de secours. Prenez-la. Et commencez à vous constituer un nécessaire pour les tremblements de terre.

– Merci monsieur. Merci infiniment. Si vous voulez assister à une projection du film…

– Ne vous inquiétez pas pour ça.

En sortant du commissariat, Dean retourna dans la rue où sa sacoche avait été volée. Tous ces problèmes parce que j'ai voulu faire un peu d'exercice ! se disait-il en faisant de nouveaux efforts pour se garer. Il finit par réussir son créneau et marcha le long de la rue en projetant le faisceau de lumière dans toutes les directions.

Deux minutes plus tard, la lampe s'éteignit. Les piles étaient mortes.

16

Abigail et Regan s'arrêtèrent à un snack ouvert la nuit pour acheter des cafés à emporter et reprirent Sunset Boulevard en direction de Malibu. Il faisait une belle nuit claire et la circulation était nulle. En écoutant la radio, elles apprirent que le tremblement de terre avait eu une amplitude de 5, 2 et que son épicentre était à une vingtaine de kilomètres au sud-est du centre de Los Angeles. On ne signalait toujours pas de blessés graves ni de dégâts sérieux. De fait, la surcharge des réseaux de téléphonie mobile et le blocage des lignes fixes semblaient constituer les plus gros problèmes.

– C'est stupéfiant, commenta Regan. Tu imagines ce qui se serait passé si le tremblement de terre avait eu lieu plus tôt ? La plupart des gens de la côte Est n'en ont même pas encore entendu parler. Ils sont en train de dormir. Sinon, j'aurais reçu un appel de Jack et certainement de mes parents. Je ne voulais pas les réveiller. Maintenant, je ne peux même plus.

– Je sais, Regan. Mes parents sont très matinaux, ils se lèvent avec les poules. Si les réseaux de mobiles sont rétablis, je les appellerai dans une heure.

– Tu as dit que Cody habite Malibu avec son partenaire, mais que tu ne connais pas l'adresse ?

– Non. Pourtant, je suis allée là-bas des centaines de fois depuis trois mois pour voir si je n'apercevais pas l'un ou l'autre.

Elles dépassaient la grille d'entrée de Bel Air, dont les clôtures protégeaient les luxueuses demeures des visiteurs importuns.

– Qui sont les propriétaires de la maison que tu gardes à Malibu ? demanda Regan.

– Attends, répondit Abigail comme si elle se préparait à raconter une bonne histoire. Ce couple-là, c'est un poème. Ils ont des tonnes d'argent et ils ont déménagé de Long Island à Los Angeles pour rencontrer des célébrités.

– Tu plaisantes !

– Pas du tout.

– Et ont-ils réussi ?

– Oh, ils se sont arrangés pour croiser quelques personnalités, mais cela n'a jamais été plus loin. Ils sont tellement envahissants ! Ils achètent leur entrée à tous les galas de bienfaisance les plus coûteux, mais je n'ai pas l'impression qu'ils s'y soient fait beaucoup d'amis.

– Quel âge ont-ils ?

– Une bonne trentaine. Ils ont deux enfants, des adolescents. Toute la famille est partie cette semaine faire du ski en Suisse et je garde un œil sur leur maison.

– Ils travaillent ?

– Elle court les boutiques et il surveille leurs intérêts. Il suit aussi des cours de théâtre. Je ne crois pas que Brad Pitt ait beaucoup de souci à se faire ! dit Abigail en riant.

– Comment as-tu fait leur connaissance ?

– L'année dernière, ils avaient loué leur maison à une société de production pour y tourner un publicitaire sur lequel je travaillais. La femme m'a demandé si je voulais bien rester après le tournage pour la coiffer. Elle m'a payée une fortune ! Maintenant, quand je suis en ville, elle me fait venir pour coiffer toute la famille. Une journée de travail à la plage, il n'y a pas mieux !

– Sans doute, approuva Regan. Mais pourquoi loueraient-ils leur maison s'ils ont autant d'argent ?

– Ils aiment tant le show-business qu'ils pensaient que ce serait un bon moyen de rencontrer des acteurs. Maintenant, ils cherchent à vendre la maison, mais elle n'intéresse personne.

– Le moment est mal choisi pour vendre une maison.

– La leur est plus difficile à vendre que d'autres.

Tiens, tiens, se dit Regan.

– Pourquoi ?

– Parce qu'elle a une histoire.

– Quel genre d'histoire, Abigail ?

– Dans les années 1950, la maison a été le théâtre d'un meurtre et d'un suicide. En rentrant chez lui, le propriétaire de l'époque avait trouvé sa femme avec un autre homme. Il les avait tués tous les deux et retourné son arme contre lui.

Regan se frotta le front, perplexe.

– S'ils ont autant d'argent, Abigail, ils n'avaient que l'embarras du choix pour acheter une maison. Pourquoi avoir choisi celle-là ?

– J'ai l'idée qu'ils espéraient acquérir grâce à la maison une sorte de célébrité et qu'elle leur fournirait une entrée en matière avec des gens intéressants. Ils avaient même engagé un publicitaire qui a essayé de réaliser des interviews sur l'impression que cela fait de vivre dans une maison célèbre. Je crois que le journal local de Malibu a publié un petit article sur eux. Mais il n'y a rien eu de plus. Personne n'a suivi parce qu'ils voulaient trop attirer l'attention.

– Cela ne te gêne pas d'y aller seule ?

– Non, j'y vais dans la journée. Je leur ai dit que je voulais bien me charger de surveiller la maison, mais qu'il n'était pas question d'y coucher la nuit. Et puis, Regan, ils me paient une somme ahurissante. Comme tu le sais, j'en ai réellement besoin en ce moment.

Abigail mit son clignotant pour tourner à gauche dans une petite route qui descendait vers la mer. Une minute plus tard, elles montaient une longue allée menant à une vaste et vieille maison perchée sur une falaise dominant le Pacifique. Ce n'est pas une cabane dans les branches, pensa Regan.

– Au moins, elle est toujours debout, commenta Abigail en remontant les vitres de la voiture.

– En effet, dit Regan en contemplant la belle demeure qui aurait mérité d'être la vedette d'un film. Crois-tu qu'ils veuillent encore la vendre, Abigail ? L'endroit est magnifique et s'ils ne voyaient pas d'inconvénient à y vivre jusqu'à maintenant...

– Elle veut se rapprocher de Beverly Hills pour aller dans les boutiques. Tu as pu constater que le trajet prend un certain temps.

Elles descendirent de voiture et traversèrent l'allée de gravier. Ce doit être facile de pousser quelqu'un du haut de cette falaise, se dit Regan pendant qu'Abigail déverrouillait et poussait la lourde porte d'entrée. L'alarme se déclencha aussitôt, Abigail alluma la lumière et se hâta de composer le code de sécurité sur le panneau de commande près de la porte. La sirène se tut, le silence retomba.

Regan balaya le vaste salon du regard. On voyait à travers les fenêtres l'océan Pacifique scintiller au clair de lune. Abigail se tourna vers Regan en fronçant le nez :

– Il y a un sentiment de mort ici, n'est-ce pas ?

– Euh... je ne suis pas encore parvenue à cette conclusion, répondit Regan en imaginant les secrets qui imprégnaient sûrement les murs de la maison. Quand trois personnes meurent comme cela de mort violente dans un endroit, je suppose qu'il n'est jamais plus tout à fait le même.

– C'est exact, Regan, je te le garantis. Il y a un mauvais sort sur cette maison. Comme sur moi.

Elles parcoururent toutes les pièces, qui contenaient encore beaucoup des meubles abandonnés par les familles du mari jaloux et de sa femme infidèle, morts des années auparavant. Les meubles apportés de New York par les nouveaux propriétaires étaient ultra-modernes. Le contraste était choquant. Les gens aimeraient venir ici par curiosité, pensa Regan. Mais d'après ce qu'Abigail m'a dit des propriétaires, ils ne seraient pas nombreux à le faire.

Les murs étaient couverts de photos sur lesquelles on voyait un couple rayonnant à côté de toutes les célébrités imaginables. Ils arboraient toujours un large sourire. Certaines des personnalités avaient l'expression hagarde d'une biche éblouie par des phares de voiture. La femme était une rousse menue, le mari avait un visage rond et les cheveux châtain clair. Ils n'étaient ni beaux ni laids. Quelque chose dans leur regard donna à Regan le sentiment qu'ils n'étaient quand même pas tout à fait normaux.

– Ce sont eux tes amis, sans doute ? demanda-t-elle à Abigail.

– Ce ne sont pas vraiment des amis, Regan. Après avoir appris ce que tu sais sur Lois, tu crois peut-être que tous les gens que je fréquente sont un peu timbrés ! Mais en effet, c'est eux.

– Comment s'appellent-ils ?

– Princess et Kingsley.

Décidément, pensa Regan, j'aurai tout entendu.

17

Avant de se coucher, Jack avait demandé d'être réveillé à cinq heures quinze. Quand le téléphone sonna, il tendit la main en grognant vers le combiné et décrocha :

– Allô ?

– Service du réveil, annonça une voix de robot.

Jack raccrocha, sauta du lit et courut vers la douche. Il avait appris d'expérience que la manière la moins pénible de commencer la journée d'aussi bonne heure consistait à bouger et se trouver sous le jet d'eau chaude avant d'avoir le temps de se dire qu'il aurait préféré rester au lit.

La douche produisit l'effet escompté. Jack se sentit peu à peu revivre. Quand la sonnette de sa chambre retentit à cinq heures trente, il venait de finir de se raser. Avant de se coucher, il avait rempli la fiche de commande du petit déjeuner qu'il avait accrochée à sa porte. La veille, au séminaire, le petit déjeuner consistait en un assortiment de viennoiseries qui avaient un goût de carton. Ce jour-là, il voulait prendre un départ plus sain, avec des céréales, des fruits et du jus d'orange, avant d'écouter les messages du bureau et de se rendre aux réunions, qui débutaient à sept heures du matin.

Jack enfila son peignoir et alla ouvrir la porte.

– Bonjour monsieur, dit un jeune serveur portant un plateau. Je peux entrer ?

– Bien sûr, dit Jack en se demandant si quelqu'un ayant commandé le petit déjeuner dans sa chambre avait jamais répondu non.

– Voulez-vous que je vous serve le café en premier ? demanda le serveur en posant le plateau sur le bureau.

– Oui, merci. Pendant ce temps, je signerai l'addition.

Leurs tâches respectives accomplies, le serveur remercia Jack.

– Quand vous aurez fini, veuillez appeler le service d'étage s'il vous plaît, dit-il en regagnant la porte.

Jack prit sa tasse de café de la main droite et actionna la télécommande du téléviseur de la main gauche. Quand l'écran s'alluma, la tasse faillit lui tomber de la main. Le gros titre UN SÉISME FRAPPE LOS ANGELES lui fit l'effet d'un coup de poing.

– Regan ! s'écria-t-il en se précipitant vers son téléphone, à côté du lit.

Il pressa le bouton d'appel du numéro de Regan, pour s'entendre dire que tous les circuits étaient occupés. Il remonta alors un peu le son de la télévision pour écouter le présentateur qui se tenait devant le Staples Center dans le centre de Los Angeles.

– La secousse s'est produite il y a environ deux heures. On ne signale jusqu'à présent aucune blessure grave, mais nous avons appris que les services d'urgence ont eu à traiter plusieurs cas de fractures…

Dans sa tête, Jack avait beau se dire que Regan n'avait rien, le reste de son corps n'y croyait pas. Il se sentait prêt à défaillir. Pourquoi n'ai-je pas déjà eu de ses nouvelles ? Le plateau chargé de bonnes choses saines lui parut tout à coup ridicule et sans importance.

Son téléphone se mit à sonner. Redoutant le pire, il l'empoigna. Le numéro de Regan apparaissait à l'écran.

– Regan ? demanda-t-il, la gorge nouée. C'est toi ? Tu vas bien ?

– Mais oui, Jack, très bien. Je suppose que tu as appris la nouvelle. Je ne voulais pas t'appeler tout de suite pour ne pas te réveiller.

Au son de sa voix, Jack ferma les yeux en se sentant envahi d'un sentiment de profond soulagement.

– Regan, ma chérie, rends-moi service, veux-tu ? La prochaine fois, réveille-moi.

– Excuse-moi, Jack. Je savais que tu étais fatigué…

– Maintenant, je suis épuisé, dit Jack avec un bref éclat de rire. J'ai allumé la télévision en me levant et on ne parle que d'un tremblement de terre en Californie. J'ai essayé de t'appeler, mais tous les circuits étaient occupés. J'ai failli avoir une crise cardiaque.

– Je suis vraiment désolée, dit Regan. Je crois que je devrais peut-être appeler mes parents.

– Tu *crois* ? Oh, Regan, tu es trop drôle ! Je regrette que tu ne sois pas restée à la maison pour t'occuper du box que tu as loué.

– J'ai bien le temps de m'en occuper, répondit Regan en riant. D'accord, je ferais sans doute mieux d'appeler Nora et Luke. Je t'aime.

– Je t'aime aussi. Dis-moi, comment ça se passe ?

– Je crois que tu as eu assez d'occasions de t'énerver pour aujourd'hui, Jack.

– Que veux-tu dire ?

– Rien, je plaisante.

– Comment va Abigail ?

– Très bien.

– Vraiment ?

– Non. Comme je te l'ai déjà dit, elle a plus que sa part de malchance. Mais écoute le plus beau : hier, pendant que je venais, elle a été interrogée par la police au sujet du meurtre d'un vieux monsieur à qui elle coupait les cheveux gratuitement. Je te le dis, Jack, je commence à croire qu'on a vraiment jeté un mauvais sort à cette fille.

18

Pendant que Regan était dehors pour appeler Jack, Abigail fit une fois de plus le tour de la maison pour vérifier si tout était en ordre. Elle alla dans la cuisine, où les photos de personnalités se limitaient à celles connues pour la préparation ou le service des plats. Abigail décrocha le téléphone mural et appela le téléphone portable international de Princess. La communication s'établit rapidement et la sonnerie qui retentit dans l'écouteur lui donna la curieuse impression que le correspondant étaт au bout de la rue.

La messagerie vocale décrocha : « Bonjour, Princess à l'appareil. Je skie dans les Alpes en ce moment même. N'est-ce pas merveilleux ? J'ai hâte de tout vous raconter. Laissez-moi un message s'il vous plaît. Si vous avez besoin d'une aide immédiate pour quoi que ce soit, n'hésitez pas à appeler notre assistante ménagère, Abigail Feeney, qui se fera un plaisir de vous rendre service. Son numéro est… »

– Ça par exemple !…, commença Abigail, qui enchaîna en entendant le bip. Bonjour, Princess, c'est Abigail. Nous venons d'avoir un tremblement de terre à Los Angeles, mais je suis chez vous et tout est intact. Amusez-vous bien.

Je ne devrais pas me plaindre, pensa Abigail en raccrochant. Ils me paient royalement. Mais « assistante ménagère ?... ».

Abigail regarda sa montre. Il était deux heures trente-cinq. Ce qui voulait dire que l'aube commençait à poindre sur la petite ferme de Grand-Mère Ethel dans l'Indiana. Ce serait le moment de l'appeler pour voir si je peux retarder un peu son arrivée, se dit Abigail. Elle prit son téléphone dans sa poche, fit appel à son courage et composa le numéro.

Ethel Feeney était levée depuis une heure. Elle avait déjà donné à manger aux poules et avalé deux bols d'eau bouillante avec du jus de citron. Quand son téléphone sonna, elle était couchée par terre pour faire ses exercices d'abdominaux. Son vol devait décoller plus tard dans la journée pour se poser à Los Angeles vers cinq heures de l'après-midi. Elle dominait à grand-peine son excitation.

– Grand-Mère, comment vas-tu ?

– Aussi contente qu'on puisse l'être, Abigail. Je vais te voir aujourd'hui ! ! Bon anniversaire. Qu'est-ce que tu fais debout à cette heure-ci ? Vous devez être en pleine nuit à Los Angeles.

– Eh bien, je suis désolée de te le dire, grand-mère, mais nous avons eu un tremblement de terre.

– Il était important ?

– Non, pas trop. Mais c'était quand même un tremblement de terre. Je me demande si tu ne ferais pas mieux de changer d'avis pour ton voyage.

– Balivernes ! Je regrette plutôt de ne pas avoir été là. J'ai survécu à des tornades, des inondations, des ouragans et à cinquante-trois ans de vie avec ton grand-père. Je suis heureuse de dire que j'ai connu presque toutes les épreuves possibles et imaginables. Avant de mourir, je voudrais pouvoir dire que je les ai toutes connues.

– D'accord. Je voulais juste être sûre que… Beaucoup de gens pensent que le moment est mal choisi pour investir dans l'immobilier.

– Au contraire, c'est le meilleur ! Je ferai baisser son prix à Mugs.

– Merveilleux, grand-mère. À tout à l'heure à l'aéroport. Je t'attendrai à la sortie de la salle des bagages.

– Super ! Et maintenant, écoute, ma chérie. Si tu veux inviter à dîner quelques amies pour fêter ton anniversaire, fais-le. Ce sera très amusant.

– Merci, grand-mère. Tu es géniale.

Abigail raccrocha. Je suis maudite, se dit-elle sombrement. Maudite.

19

Quand sa lampe électrique rendit l'âme, Dean alla dans un petit supermarché encore ouvert acheter des piles. Il se trouva pris dans une longue file de gens venus stocker de l'eau minérale. D'où sortent-ils, tous ceux-là ? se retint-il de crier. On est en pleine nuit ! Rentrez chez vous et dormez !

Quand il arriva enfin à la caisse, Dean était sur le point d'éclater. Il posa ses piles sur le comptoir, mais le caissier ne le regarda même pas, estimant sans doute que le moment était venu de regarnir son tiroir-caisse de pièces de monnaie. Se dominant à grand-peine, Dean garda quand même le silence pendant que le caissier cassait les rouleaux de pièces sur le comptoir, déroulait le papier et faisait lentement tomber les pièces dans leurs casiers.

Lorsqu'il remonta en voiture, Dean se sentait littéralement prêt à sombrer dans la folie. Il retourna dans la rue où son sac avait disparu, se gara pour la troisième fois de la soirée dans le minuscule espace libre et reprit ses recherches. Une rue, puis une autre. Il fouilla toutes les poubelles de West Hollywood, explora tous les recoins obscurs au risque de sa vie et de ses membres. Nulle part, aucun signe de sa chère sacoche noire.

À un moment, prêt à fondre en larmes, il s'assit au bord d'un trottoir. Mais, en voyant s'approcher un individu d'allure bizarre qui tenait en laisse un gros berger allemand, il se releva d'un bond et se hâte de regagner sa voiture.

Inutile d'insister, pensa-t-il. Je ne la retrouverai jamais. Accablé, il reprit le chemin de son appartement de Malibu. Une seule pensée lui revenait en tête, jusqu'à l'obsession.

Cody va me tuer.

20

Après avoir parlé à Jack, Regan appela le Breakers Hotel à Palm Beach et demanda la suite de ses parents.

– Allô, répondit Nora d'une voix ensommeillée.

Parfait, pensa Regan. Ma mère ne s'est manifestement pas inquiétée de moi au point d'en perdre le sommeil. Jack est le seul envers qui je puisse me sentir coupable.

– Bonjour, maman, c'est moi.

– Bonjour, Regan. Comment vas-tu ?

– Très bien. Il y a eu ici un tremblement de terre, mais rien de grave. Je voulais simplement que tu n'apprennes pas la nouvelle par la télévision ou les journaux. Les lignes téléphoniques étaient bloquées jusqu'à présent.

À l'autre bout du fil, silence.

– Maman ?

Elle entendait la respiration paisible de Nora et, à l'arrière-plan, un léger ronflement émanant de Luke.

– Maman ? répéta-t-elle.

– Humm ?

– Rendors-toi.

– Oui, ma chérie. Je suis contente de t'avoir parlé. Je t'aime.

Regan entendit un déclic. Eh bien, pensa-t-elle, je ne m'y

attendais vraiment pas. Quand Jack saura ça ! se dit-elle en souriant. La vie est pleine de surprises.

Abigail sortit de la maison, verrouilla la porte d'entrée derrière elle et rejoignit Regan près de la voiture.

– Tout va bien ?

– Très bien. Nous sommes parées ?

– Oui, je viens d'appeler ma grand-mère. Elle piaffe d'impatience. Le tremblement de terre ne lui fait pas peur le moins du monde.

– Il n'a pas troublé ma mère non plus.

– Oh Seigneur, Regan, il est presque trois heures du matin ! Dans quatorze heures, ma grand-mère arrivera. Je sens la panique me gagner. Il faut que Cody me rende cet argent !

21

– Puisque je te dis que j'ai trop peur de rester ici, Cody ! Nous sommes au quatorzième étage. S'il y a un autre tremblement de terre, nous sommes morts ! déclara Stella.

Ils étaient assis par terre dans l'encadrement d'une porte du loft. Bien que les secousses aient cessé depuis plus de deux heures, Stella était trop pétrifiée pour se relever. Au début, ils avaient trouvé très romantique de rester blottis dans les bras l'un de l'autre. Cody ne s'était levé que pour aller allumer la télévision. Mais les attendrissements passés, la menace d'éventuelles répliques au séisme pouvant survenir d'un moment à l'autre s'était enracinée dans l'esprit de Stella.

– Voyons, chérie, l'immeuble est solide, lui dit Cody d'un ton rassurant. Tu peux me croire.

– Non, il n'est pas solide. C'est un vieil immeuble et nous sommes presque tout en haut. Nous ne pourrions jamais nous enfuir à temps.

– Je te protégerai, dit Cody en lui caressant les mains.

– Ne sois pas ridicule ! Je ne veux pas rester ici. Où est l'appartement de Dean ? Tu y habitais avec lui, n'est-ce pas ?

Cody faillit s'étrangler. Vivre chez Dean consistait à se coucher sur un futon à côté du lit de Dean dans un taudis infesté de puces à côté de la plage. Jamais il n'avait amené Abigail dans ce coin-là, bien qu'elle le lui ait souvent demandé.

– Oui, j'y ai habité un moment, il y a deux ans. Mais nous ne pouvons pas y aller maintenant, il est en train de le faire repeindre. Les odeurs sont vraiment insupportables. Tu n'y serais pas bien du tout, et je ne pense qu'à ton bien-être, dit-il en lui donnant un petit baiser.

– J'ai très envie de le voir, dit Stella. Avoir une vue sur la mer, ce doit être merveilleux. C'est bien dommage que tu n'aies plus ton appartement. Il était au rez-de-chaussée, disais-tu ? Là au moins, nous aurions été en sûreté.

– C'est vrai, mentit Cody en caressant la joue de Stella. Mais quand un immeuble est vendu, il est vendu. J'étais obligé de m'en aller. Je suis content de ne pas m'être précipité pour acheter une maison puisque je sais que l'endroit que j'achèterai, où qu'il soit, devra aussi te plaire à toi. Tu te sens mieux, maintenant ?

– Non, Cody, pas du tout. Prenons nos affaires et partons d'ici.

Le cœur de Cody se mit à battre la chamade.

– Où veux-tu aller ?

– Pourquoi pas au Beverly Hills Hotel ? J'ai toujours rêvé de séjourner dans un de leurs cottages.

Seigneur ! pensa Cody. C'est un des hôtels les plus chers de la ville. Et pas une simple chambre, un cottage ! Dean et lui comptaient le moindre sou. Il avait englouti ce qui lui restait de l'argent d'Abigail dans des cadeaux de Noël pour Stella et ses parents. L'hôtel refuserait probablement sa carte de crédit.

– Stella, dit-il de son ton le plus tendre en la prenant par les épaules pour l'attirer contre lui. Pourquoi n'essaies-tu pas de dormir ? Tu te sentiras mieux demain matin.

Stella le repoussa et se leva.

– Tu ne comprends rien, n'est-ce pas ? Tu te moques bien de savoir comment je me sens ! Je suis à bout de nerfs. Comment peux-tu me dire que tu m'aimes, encore moins vouloir me diriger dans un film ? Appelle-moi un taxi, je m'en vais.

Cody se leva d'un bond.

– Pardonne-moi, Stella, je ne me rendais pas compte, c'est vrai. Je vais avec toi. Nous irons ensemble au Beverly Hills. Tout de suite. Laisse-moi d'abord appeler Dean.

Stella faisait déjà sa valise.

– Pourquoi as-tu besoin d'appeler Dean ? Il est loin, à Malibu.

– Il voudra nous conduire lui-même.

– C'est absurde ! Je ne veux pas attendre aussi longtemps. Il y a sûrement un taxi.

– D'accord. Je vais appeler l'hôtel pour une réservation.

– Tu peux aussi bien l'appeler du taxi.

– Et s'ils sont complets ?

– Eh bien, nous irons ailleurs. Je ne veux pas rester ici une seconde de plus ! J'ai une crise d'angoisse. Jamais je ne pourrai oublier la manière dont cette pièce a été secouée..., dit-elle en étouffant un sanglot. Ma carrière débute à peine. J'ai tant à attendre de la vie...

Elle partit en courant dans la salle de bains et claqua la porte.

Cody empoigna son téléphone pour aller appeler Dean de l'autre bout du loft. À sa surprise, Dean décrocha à la première sonnerie.

– Cody ?

– Écoute, Dean. Tu ne me croiras pas…

– Quoi encore ?

– Stella refuse de rester ici. Le tremblent de terre l'a terrorisée. Elle veut aller au Beverly Hills dans un des cottages.

– Le Beverly Hills ? On n'en a pas les moyens !

– Je sais, mais il le faut. Elle a menacé de partir sans moi.

Dean s'arrêta au bord de la route, sinon il aurait perdu le contrôle de sa voiture.

– Bon, eh bien, vas-y. Pourquoi m'appelles-tu ?

– Je suis un peu inquiet pour ma carte de crédit. Si je réserve un cottage pour trois ou quatre nuits, ils risquent de vérifier mon plafond de crédit. J'ai un peu trop dépensé à Noël et j'ai peur que…

– Qu'est-ce que tu veux que je fasse ?

– Peux-tu y aller toi-même retenir un cottage ? Prends quelques fleurs en cours de route et attends-nous dans le hall. Il faut absolument que Stella se rende compte que ses deux réalisateurs se soucient avant tout de son bien-être et de sa sécurité.

– Où veux-tu que je trouve des fleurs à trois heures du matin ?

– Je n'en sais rien, chuchota Cody. Cueille une rose dans un jardin s'il le faut. Ce serait un beau geste à faire, je te dis.

– Pas pour le propriétaire du jardin.

– Allons, Dean ! Les réalisateurs accueillent toujours leurs stars avec des fleurs.

– Elle est plus ta star que la mienne, répliqua Dean. Bon, Cody, d'accord. À mon tour de te donner des mauvaises nouvelles.

– Lesquelles ?

– On a volé ma sacoche ce soir dans le coffre de ma voiture.

– La sacoche avec tout dedans ?

– Oui. J'ai déposé une plainte à la police.

– Tu as porté plainte ?

– Il fallait bien. Sinon, je ne la récupérerai peut-être jamais.

Cody laissa échapper un cri étouffé.

– Elle sort de la salle de bains. Nous te retrouverons là-bas, murmura-t-il avant de couper la communication.

Voilà au moins une chose de faite, pensa Cody qui redémarra et fit demi-tour.

Ma mère m'a toujours dit que j'étais cinglé de vouloir être dans le show-business.

22

La troisième maison qu'Abigail était chargée de surveiller se trouvait dans la ville de Burbank, sur l'autre versant de Laurel Canyon, dans la partie de l'agglomération connue sous le nom de La Vallée. De nombreuses entreprises de spectacle et de communication avaient leur siège à Burbank et beaucoup de leurs collaborateurs y habitaient.

– J'hésite maintenant à te demander chez qui nous allons, dit Regan, qui s'efforçait d'alléger l'atmosphère tant elle sentait croître l'anxiété d'Abigail devant l'imminence de l'arrivée de sa grand-mère.

– Cette vieille dame est tout à fait normale, Regan, je te le jure, répondit Abigail en souriant. Elle s'appelle Olive Keecher et elle a une personnalité très intéressante.

– Tu m'en parles comme si j'allais la rencontrer.

– Je serais ravie que tu fasses sa connaissance. Si tu as besoin de vêtements sur mesure, adresse-toi à Olive. Elle a monté chez elle un petit atelier de couture. Ce n'est pas officiel, bien sûr. Olive a été plus de cinquante ans costumière dans plusieurs studios de cinéma.

– Comment l'as-tu connue ?

– De la même façon que le vieux Nicky, qu'il repose en paix. J'étais en train de couper les cheveux à la résidence des seniors quand Olive rendait visite à une de ses amies. Nous avons échangé nos cartes. Maintenant, je la coiffe et elle me recoud mes boutons. Je suis nulle avec du fil et une aiguille. Quand elle va voir sa fille à Atlanta tous les deux mois, je viens arroser ses plantes et relever son courrier. J'y suis déjà passée dans la journée, je n'y vais donc que pour vérifier que le tremblement de terre n'a pas fait de gros dégâts. C'est la troisième maison à droite, ajouta Abigail en tournant dans une paisible rue résidentielle avant de s'arrêter devant ladite maison.

Regan regarda la jolie petite bâtisse blanche.

– Personne n'a été assassiné ici ?

– Oh, Regan !

– Juste pour savoir, répondit-elle en mettant pied à terre.

Dans le confortable living, elles trouvèrent quelques babioles tombées sur la moquette. Abigail les replaça sur les étagères.

– Rien de grave, dit-elle. Comme tu peux voir, Olive exagère un peu en attachant ses tiroirs et ses placards avec des rubans ou des ficelles quand elle s'absente. Il faut dire qu'elle a perdu toute sa vaisselle dans un gros tremblement de terre il y a plusieurs années.

Elles vérifièrent la chambre à coucher, où tout était en ordre. L'autre chambre était transformée en atelier. D'innombrables bobines de fil étaient alignées sur une étagère, des coupons de tissus appuyés contre un mur. Un mannequin se dressait dans un coin de la pièce.

– Impressionnant ! dit Regan. Je serais incapable de coudre quoi que ce soit même si ma vie en dépendait.

Abigail montra des affiches encadrées sur les murs.

– Ce sont celles de quelques-uns des films sur lesquels Olive a travaillé. Certains sont très anciens. Elle connaît des tas d'anecdotes passionnantes sur les stars de l'époque.

Regan prit sur une étagère un objet en forme de main de femme.

– Qu'est-ce que c'est ? demanda-t-elle.

– Olive fait aussi des gants de temps en temps. J'ai essayé de lui amener Lois, mais elle n'a jamais trouvé le temps de venir.

Regan leva un sourcil d'un air interrogateur.

– Tu aimes vraiment beaucoup cette Mme Olive, Abigail ?

– Lois n'est pas si mauvaise que ça, répondit Abigail en riant. Je me demande comment elle a réagi au tremblement de terre. Il faut que je l'appelle.

Elles firent le tour du reste de la maison, refermèrent et reprirent le chemin de Laurel Canyon. Quand Regan se coucha enfin, elle était si fatiguée qu'elle ne s'inquiéta même pas d'attraper des échardes si elle se frottait la tête contre le bois du lit. Incroyable, pensa-t-elle. Ce matin, je louais un box dans le New Jersey et maintenant je me couche dans une cabane en bois en Californie…

Elle était sur le point de sombrer dans le sommeil quand son téléphone sonna. C'était sa mère.

– Regan ! Tu es indemne ?

– Oui, maman.

– Et ce tremblement de terre ?

– Maman, je t'ai déjà appelée. Tu t'en souviens ?

– Vaguement. Mais maintenant, je suis bien réveillée ! Nous regardons les informations. Je suis vraiment désolée d'avoir pu te paraître indifférente quand tu m'as téléphoné.

– Je sais que tu ne l'es pas, répondit Regan. Je te rappellerai dans quelques heures. En ce moment, je tombe de sommeil.

– Vous n'avez pas encore retrouvé ce garçon ?

– Non. Nous avions beaucoup à faire.

– Bonne chance, ma chérie.

– Nous en aurons grand besoin, maman. Crois-moi.

23

Un alléchant arôme de café frais réveilla Regan. Quand elle ouvrit les yeux, la vision des rondins au-dessus du lit lui fit aussitôt reprendre conscience. Ah, oui, je suis ici, se dit-elle. En communion avec la Nature dans toute sa gloire. Dans la pénombre de la chambre, tout était calme et paisible. Les ramures basses des arbres devant la fenêtre prévenaient l'entrée trop brutale de la lumière. Si j'entendais un double cocorico, la scène serait complète, pensa Regan en tirant la couverture sous son menton et en se tournant sur le côté. L'air était frais, comme il l'est souvent à Los Angeles au début de la matinée.

Le réveil à côté du lit indiquait sept heures dix-sept. J'ai dormi comme une souche mais pas très longtemps, pensa-t-elle. Cette chambre est comme une caverne. Sans l'odeur du café, je ne sais pas quand je me serais réveillée. Elle fit l'effort de se lever, enfila un survêtement et, quelques minutes après, alla à la cuisine.

Aucun signe d'Abigail. Regan jeta un coup d'œil par la fenêtre et la vit assise sur la plate-forme, une tasse de café sur la table devant elle. Vêtue d'un peignoir, elle regardait le jardin à pic. Regan ouvrit la porte.

– Bonjour, Abigail ! dit-elle depuis le seuil.

Abigail se retourna.

– J'espérais que tu dormirais un peu plus longtemps, Regan !

– Cela m'a suffi. Nous avons du travail devant nous, dit cette dernière en brandissant son bloc-notes.

– Je vais te faire du café, proposa Abigail en se levant. Nous pouvons rentrer si tu veux. Il fait frisquet dehors.

– Je ne suis pas frileuse. D'ailleurs, je vais retrouver le froid en rentrant à New York et je ne pourrai plus dîner au grand air pour un bon bout de temps.

– Parfait. Veux-tu des toasts ? Hier, j'ai acheté du pain de campagne à la grande épicerie de Laurel Canyon. Il est délicieux.

– Volontiers.

Quelques instants plus tard, elles prirent place à une table de jardin ronde que Brennan, naturellement, avait taillée de ses mains.

– C'est merveilleusement tranquille ici, dit Regan en regardant autour d'elle. On se sent loin de tout. Jamais on ne devinerait qu'on est à deux minutes des embouteillages.

– L'endroit serait idéal pour ta mère quand elle écrit, dit Abigail en tartinant de la confiture de framboise sur son toast.

– C'est vrai, acquiesça Regan, amusée à l'idée de voir sa mère affronter la salle de bains primitive de Brennan.

– Une fois encore, Abigail, reprit-elle en beurrant un toast, je tiens à te souhaiter un bon anniversaire.

– De quelque manière qu'il se passe, ce sera un anniversaire que je n'oublierai jamais.

– Pour de bonnes raisons, j'espère. Allons, Abigail, dit Regan en ouvrant son bloc-notes, commençons par passer les faits en revue. Avant la disparition subite de Cody, son partenaire et lui essayaient de lancer la production de leur film. Mais ton argent ne représentait pas un investissement, d'accord ?

– Exact. Cody ne voulait d'ailleurs pas que j'y risque de l'argent ni moi non plus. Il disait que ce serait strictement un emprunt.

– Logique, dit Regan. Mais alors, pourquoi en avait-il besoin ?

– Il disait qu'il avait besoin d'avoir de l'argent sur son compte s'ils demandaient un prêt bancaire ou si un investisseur voulait vérifier sa solvabilité ou celle de Dean. Il m'a promis de ne pas en dépenser un sou, il avait juste besoin de garnir son compte en banque. J'ai vraiment été idiote ! Qu'est-ce que j'avais dans la tête ?

– Ne culpabilise pas maintenant, Abigail. Ce qui est fait est fait.

– D'accord.

– Cody avait du travail pendant que tu étais avec lui ?

– Non, c'est ça le plus gênant. Il travaillait sur le scénario et recherchait des investisseurs. Dean et lui y avaient consacré leur année.

– Il avait les moyens de se le permettre ?

– Manifestement, non. C'est bien pour cela qu'il m'a emprunté de l'argent, dit Abigail en jetant sa serviette sur la table. Et si tout s'était envolé ?

– N'y pense pas en ce moment, Abigail. Question suivante : Dean, l'associé de Cody. Tu ne connais pas son nom de famille ?

– Non. Nous n'avons jamais rien fait ensemble et Cody venait toujours chez moi. Je crois que Dean ne s'est jamais remis de la soirée de notre rencontre où il s'est retrouvé coincé avec Lois.

– Tu n'es jamais allée chez eux non plus ?

– Non. Cody disait que c'était un studio de célibataire au pire sens du terme, que mon appartement était beaucoup plus agréable et que cela lui faisait du bien de s'y détendre, dit-elle en mordant son poing crispé. Excuse-moi, ajouta-t-elle en regardant Regan.

– Pas de problème. Tu es sûre que ce studio est à Malibu ?

– C'est ce qu'il disait. Il aurait aussi bien pu loger dans un box. Il y a des gens qui l'ont fait.

– Justement, j'en ai loué un hier matin.

– Tu plaisantes ?

– Non. Nous en parlerons plus tard. Cody ne t'a pas dit le titre du film ?

– Il n'avait pas encore de titre. Ce minable de Dean disait que Woody Allen commençait souvent ses films sans titre et que ce qui était assez bon pour Woody Allen l'était aussi pour eux. Dean voulait créer une sorte de légende autour de leur film ! Avec le recul, je me dis que j'aurais déjà dû trouver cela lamentable.

– As-tu au moins une idée du sujet ?

– Non. Quand je lui ai prêté l'argent, Cody m'a promis de me faire lire le scénario ce week-end-là. Ils venaient de terminer la énième révision et il se disait enfin prêt à entendre mon opinion. Là-dessus, il a disparu.

– Mais il t'avait promis de te rembourser le jour de ton anniversaire ?

– Oui. Ils voulaient commencer le tournage en janvier. À ce moment-là, le financement serait en place et il n'aurait plus besoin de garder un solde important sur son compte en banque.

– Sais-tu où ils avaient l'intention de tourner ?

– Non. N'importe où, même en Alaska, pour ce que j'en sais.

– Si Cody était à Los Angeles l'autre soir, il se pourrait qu'ils fassent le tournage ici en ce moment. Si c'est le cas, ils doit y avoir des traces écrites qui nous permettraient de remonter leur piste. Ils doivent obtenir des autorisations, remplir des formulaires, des choses comme ça. Nous pouvons vérifier si le nom de Dean figure dans les listes de films en cours de production.

– Bien sûr, admit Abigail sans vouloir se sentir trop optimiste. Mais j'ai déjà demandé autour de moi, personne n'a entendu parler d'un film auquel Cody participerait.

– Tu sais bien qu'il y a toujours des centaines de films en cours de production dans cette ville, Abigail. C'est même sa raison d'être. Personne ne peut être au courant de tout.

– J'espère que tu as raison, Regan.

– Et la famille de Cody ? L'as-tu rencontrée ?

– Non. Ses parents sont divorcés et il est enfant unique. Comme toi.

– Pas trop comme moi, j'espère.

– Il n'est pas du tout comme toi, Regan !

– Merci. Où a-t-il grandi ?

– Un peu partout. Il disait que lorsqu'il était petit, il ne supportait pas de déménager aussi souvent. Son père était incapable de garder un emploi. Et puis, ses parents ont divorcé quand il était adolescent. Faire la navette entre l'un et l'autre pendant les deux ou trois ans suivants n'était pas plus drôle. À dix-huit ans, une fois à la fac, il s'est retrouvé plus ou moins livré à lui-même. Sa mère s'est remariée avec un type riche et ils étaient tout le temps en voyage. J'ai l'impression que c'est une vraie vamp. Le père de Cody courait toujours les femmes jeunes. Je ne sais absolument pas où les trouver et, de toute façon, ils ne voudraient certainement pas entendre parler de moi. Cody me disait qu'il avait toujours cherché la stabilité et qu'il était heureux de l'avoir enfin trouvée avec moi, soupira Abigail. Ça ne te rend pas malade d'entendre des choses pareilles ?

– Il était peut-être sincère, à sa manière, répondit Regan avec un haussement d'épaules fataliste.

– N'essaie pas de me dorer la pilule. C'est un menteur, un voleur et je veux récupérer mon argent.

– Je vais prendre mon ordinateur portable, dit Regan en se levant. Voyons si nous pouvons trouver quelque chose. Mon intuition me dit que le nom de Cody Castle doit être lié à quelque chose qui se passe en ville.

– J'espère qu'il ne s'agit pas de banqueroute frauduleuse, grommela Abigail en regardant sa montre. Plus que neuf heures avant que l'avion de ma grand-mère Ethel touche terre.

24

Quand son réveil sonna, de bonne heure le mardi matin, Dean était épuisé. Il n'avait pas dormi plus de deux heures. La veille au soir, il était allé au Beverly Gardens, à l'intersection de Wilshire Boulevard et de Santa Monica Boulevard, et avait risqué de se faire arrêter pour avoir cueilli une rose dans un des célèbres massifs du jardin public. De là, il s'était rendu au Beverly Hills afin de réserver un cottage pour des amis dont il attendait l'arrivée imminente.

– Vous voulez dire un bungalow ? avait demandé l'employé d'un ton dédaigneux.

– Cottages, bungalows, appelez-les comme vous voudrez, avait sèchement répliqué Dean. Donnez-moi celui où séjournait Greta Garbo. Mes amis sont comme elles, ils n'aiment pas être dérangés.

– Ils s'appellent des bungalows, mon bon monsieur. Il nous en reste un de libre.

– Je le prends.

Dean avait tendu sa carte de crédit et s'était assis en regardant les somptueuses décorations du hall de réception jusqu'à l'arrivée de Roméo et Juliette. Incroyable ! pensait-il. Je vais rentrer dans mon taudis pendant que Cody se vautrera dans le luxe pendant trois jours, comme s'il avait vraiment dix sous en poche. Espérons seulement qu'aucune de ses relations de prison ne passera dans le secteur.

Quand les tourtereaux arrivèrent, Stella se comporta comme si elle était la seule personne de tout Los Angeles à avoir subi le tremblement de terre.

– Dean ! s'exclama-t-elle en lui donnant l'accolade. Vous êtes ici ! C'était absolument terrifiant !

– Cody m'avait appelé pour me dire que vous vous sentiriez mieux dans ce bel hôtel, répondit-il en lui tendant la rose. J'ai tout de suite sauté dans ma voiture parce que je voulais venir m'assurer que tout se passerait bien. J'ai eu la chance de pouvoir vous réserver le dernier bungalow, dit-il en s'esclaffant. Quoi qu'il arrive, ajouta-t-il en baissant la voix, ne l'appelez surtout pas un cottage.

Stella pouffa et renifla la rose.

– Je voulais être sûr que vous seriez en sûreté, poursuivit Dean.

– Je le suis maintenant.

– Voilà les clefs du bungalow, reprit Dean en les tendant à Cody. Nous avons une réunion demain. Je viendrai te chercher à neuf heures trente.

– Faudrait-il que j'y aille aussi ? s'enquit Stella.

Dean se hâta de répondre :

– Non. Un de nos principaux investisseurs veut juste revoir avec nous certains points de nos accords.

– Justement, un investisseur ne souhaite-t-il pas rencontrer la star du film ?

– Laissons le mystère planer encore un moment, suggéra Dean. Reposez-vous, détendez-vous en prévision du tournage. Je vois que le bagagiste est prêt à vous accompagner au bungalow. Allez-y, les enfants, dit-il en riant à nouveau.

– Merci, mon vieux, lui dit Cody avec un salut désinvolte. Nous apprécions tout ce que tu as fait.

Dean se hâta de sortir, paya le tarif scandaleux du parking, donna un pourboire au voiturier et s'éloigna dans la nuit. Un bref instant, il fut tenté de retourner à West Hollywood fouiller une dernière fois les poubelles, mais il se dit finalement que cela suffisait. Mieux valait rentrer chez lui et reposer enfin sa pauvre tête fatiguée.

À huit heures trente, il lança l'impression d'exemplaires du scénario. Il avait déjà passé en revue tous ses e-mails sauvegardés pour retrouver les adresses des gens qu'ils devaient rencontrer dans la journée. Au moins, pensa-t-il, je n'ai pas perdu mon ordinateur. Cela aurait été la fin de tout.

Pendant que l'imprimante ronronnait, Dean alluma la télévision. Un reporter se tenait devant l'immeuble de l'appartement de Nicky.

« Nicolas Tendril, âgé de quatre-vingt-cinq ans, a été découvert assassiné ici hier après-midi. Son agresseur l'avait violemment repoussé contre un mur dans son appartement. Tendril est mort sur le coup d'un traumatisme crânien. La police demande à tous les témoins pouvant fournir des informations d'appeler le numéro spécial…

Oh, non ! pensa Dean, soudain en proie au vertige. Il n'aurait quand même pas…

25

Kaitlyn Cusamano exerçait depuis près de deux ans les fonctions de directrice des animations et activités de groupe à la résidence d'Orange Grove. Outre les habituels tournois de bridge et autres parties de loto, elle avait réussi à organiser, dans les limites de son budget, des cours de danse et de peinture, des récitals de piano et des conférences sur des sujets susceptibles d'intéresser les personnes âgées. C'était un travail exigeant mais gratifiant. Kaitlyn éprouvait la réelle satisfaction de voir des personnes sur qui pesait le fardeau du grand âge prendre plaisir aux divertissements qu'elle se donnait beaucoup de mal à leur offrir.

Ce matin-là, elle quitta plus tôt que d'habitude l'appartement qu'elle partageait avec une colocataire. Il était huit heures quinze quand elle gara sa voiture près de l'entrée principale du bâtiment. Elle ne devait prendre ses fonctions qu'à neuf heures, mais elle revenait de vacances et elle était sûre que le tremblement de terre de la nuit précédente avait affecté certains résidents. Beaucoup d'entre eux aimaient passer par son bureau entre deux activités pour lui dire bonjour ou bavarder quelques instants. Kaitlyn avait le pressentiment que ses visiteurs seraient plus nombreux ce jour-là et elle voulait comparer leurs réactions en regard du séisme, même s'ils n'en avaient pas été troublés.

En entrant, Kaitlyn salua la réceptionniste.

– Vous vous en êtes bien sortis, hier soir ? demanda-t-elle.

– Mon mari ne s'est même pas réveillé, répondit-elle avec un haussement d'épaules. Je suis contente que vous soyez revenue.

Kaitlyn lui sourit et alla directement à son bureau. Elle posa son sac sur la table, enleva sa veste, la pendit au portemanteau et se jeta un bref coup d'œil dans le miroir. Blonde, les yeux bleus, elle avait une fraîcheur juvénile qui la faisait paraître plus jeune que ses vingt-sept ans. Certains visiteurs du centre la prenaient pour la petite-fille encore adolescente d'un des résidents.

Assise à son bureau, Kaitlyn regarda l'agenda mensuel qu'elle gardait toujours à portée de main. On était le mardi 13 janvier, le jour de l'anniversaire de son amie Abigail. Kaitlyn aurait voulu l'appeler pour le lui souhaiter, mais elle se dit qu'il était encore trop tôt. Elle lui avait acheté un cadeau spécial et voulait aussi l'inviter à dîner. Abigail avait un cœur d'or. Ses visites régulières à Orange Grove pour couper les cheveux des résidents avaient débuté par hasard pour devenir l'un des événements préférés des seniors. Même ceux qui ne souhaitaient pas se faire coiffer par elle s'amusaient à la voir opérer. Il est étonnant de voir combien les meilleures choses de la vie arrivent par hasard, pensait souvent Kaitlyn.

En juin dernier, après avoir travaillé sur le tournage d'un film, Abigail était passée par le centre-ville. Elle avait accompagné Kaitlyn à la salle de jeux en comptant n'y rester que quelques minutes. Kaitlyn l'avait présentée aux résidents qui lui avaient posé des questions sur le film. Et puis, une chose en avait amené une autre.

– Je parie que vous ne sauriez pas comment vous y prendre avec mes cheveux, avait dit un vieux monsieur presque chauve en tirant sur une des touffes qui garnissaient encore les côtés de sa tête.

– Vous me lancez un défi ? avait plaisanté Abigail.

La salle entière avait éclaté de rire.

– Vous me faites confiance avec une paire de ciseaux ? avait-elle poursuivi.

– J'aurais des raisons de me méfier ?

– Eh bien, venez vous asseoir ici. J'ai mes outils dans ma voiture, je reviens tout de suite.

Abigail avait effectué dix coupes de cheveux ce jour-là et réussi à ce que chacune des personnes coiffées par elle se sente plus belle. En partant, elle avait promis de revenir tous les mois, ce qu'elle avait fait jusqu'à son accident. Kaitlyn lui disait souvent qu'elle comprendrait qu'elle n'ait pas le temps de s'occuper de ses protégés, mais Abigail lui répondait que ses visites à Orange Grove étaient pour elle un plaisir.

– Bonjour, Katie, lança du pas de la porte une voix familière.

Kaitlyn, se retourna. C'était Norman Grass. Il était atteint d'une démence sénile qui ne faisait qu'empirer. Certains jours, pourtant, il paraissait normal, ce qui n'était pas le cas aujourd'hui. Il était visiblement fébrile, peut-être parce qu'il n'avait pas bien dormi après le tremblement de terre.

– Bonjour, Norman, dit Kaitlyn en souriant. Comment allez-vous ce matin ?

– Pas bien, Katie, répondit-il en étouffant un sanglot. Je viens de voir aux informations que mon ami Nicky a été assassiné.

– Nicky ? Vous voulez dire ?...

– Oui, Nicky Tendril. Rappelez-vous, j'avais dit à Abigail Feeney qu'il avait vraiment besoin d'une coupe de cheveux gratuite. Elle est allée chez lui quelques fois, et puis elle lui a dit qu'elle ne pourrait plus revenir. Je me demande comment elle se sent maintenant qu'il est mort. Je parie qu'elle est heureuse !

– Voyons, Norman, dit Kaitlyn en contournant son bureau. Asseyez-vous donc une minute.

– Je ne veux pas m'asseoir. Je voulais juste vous dire que votre amie a été très méchante avec Nicky. Il me le disait chaque fois que je lui parlais. Maintenant, elle ne vient plus nous voir, nous non plus.

Kaitlyn savait ce qui s'était passé entre Nicky et Abigail et n'en faisait aucun reproche à son amie. Elle se sentait mortifiée, au contraire, que l'incident ait été causé par la générosité dont Abigail faisait preuve envers les résidents d'Orange Grove. Abigail travaillait dur et n'avait pas besoin de perdre un temps précieux à coiffer gratuitement quelqu'un qui était non seulement riche mais grossier et ingrat.

– Écoutez, Norman, je vous ai déjà dit qu'Abigail avait eu un accident, lui dit Kaitlyn calmement. Elle s'est cassé un bras, elle ne peut pas travailler depuis. Je suis désolée pour Nicky. Que lui est-il arrivé ?

– Quelqu'un l'a jeté contre un mur de son appartement. Je lui disais pourtant qu'il ferait mieux de venir vivre ici avec nous, dit-il en se détournant avant de s'éloigner dans le couloir.

Kaitlyn soupira. Pauvre Abigail ! Elle a eu tellement de malheurs, ces derniers temps. Pas étonnant qu'elle dise tout le temps qu'on lui a jeté un mauvais sort.

Kaitlyn retourna derrière son bureau, décrocha le téléphone et composa le numéro d'Abigail. Juste pour entendre sa voix et lui souhaiter son anniversaire, pensa-t-elle.

De retour dans sa chambre, Norman Grass décrochait lui aussi son téléphone. Il avait soigneusement noté le numéro spécial de la police que le présentateur de la télévision avait répété trois fois. Il allait leur dire sans détours ce qu'il pensait de la méchante Abigail Feeney !

26

Gloria Carson avait à peine dormi. Elle ne pouvait pas s'effacer de l'esprit la vision du cadavre de Nicky. Et là-dessus, le tremblement de terre ! Les tubes et les flacons de maquillage bien alignés sur les étagères de sa petite salle de bains avaient voltigé, la plupart pour atterrir dans les toilettes. Avec des gants de caoutchouc, elle avait repêché le mascara, les tubes de rouge à lèvres et les crayons de fard à paupières, les avait jetés à la poubelle et s'était recouchée, épuisée.

Toute la nuit, elle avait repensé aux événements de la journée. Si une chose la tracassait, c'était la manière dont l'avaient regardée les policiers. Qu'ils ne soient pas contents qu'elle ait mis du sang dans tout l'appartement, elle le comprenait. Ils auraient quand même pu faire preuve d'un minimum de compassion pour la situation dans laquelle je me suis trouvée, pensait-elle. C'est moi qui ai couru appeler les secours, moi qui me suis précipitée auprès de Nicky, moi qui ai subi un choc à me rendre hystérique, et à quoi ai-je eu droit pour ma peine ? À leur froideur. Avec un grand F.

À soixante-cinq ans, Gloria habitait son appartement depuis cinq ans. Elle bénéficiait d'une réduction de loyer en échange du rôle de gardienne, à la disposition des autres locataires en cas de problèmes. Non qu'elle sache réparer elle-même une fuite d'eau, mais elle veillait à ce que le nécessaire soit fait le plus vite possible. Quand elle avait emménagé, elle s'était efforcée de se mettre en bons termes avec tout le monde. Seul, Nicky n'avait pas répondu à ses avances. Il restait sur ses gardes. Gloria travaillait à mi-temps dans le cabinet d'un dermatologue pour les stars. À l'heure où elle rentrait chez elle, Nicky avait déjà tiré ses rideaux. Leurs chemins ne se croisaient même pas quand il avait besoin d'une réparation ou quand elle devait lui rappeler de retirer sa lessive de la machine.

Il n'avait manifestement pas adopté le précepte « Aime ton prochain » dans ses règles de vie.

À sept heures du matin, Gloria se leva et prit sa douche. Elle se maquillait de son mieux avec ce qui avait échappé au naufrage lorsque les inspecteurs l'appelèrent pour lui demander s'ils pouvaient revenir lui parler. Ils voulaient, prétendirent-ils, vérifier s'il y avait un détail qui leur aurait échappé où qu'elle se serait rappelé. Ce prétexte n'abusa pas Gloria une seconde, elle avait vu trop de séries policières à la télévision. J'habite à côté, c'est moi qui ai découvert le corps. Si j'étais la coupable, cela leur simplifierait le travail.

À huit heures trente, les inspecteurs Vormbrock et Nelson s'assirent dans son living. L'odeur entêtante du parfum dont Gloria venait de s'asperger démangeait le nez de Nelson.

– J'espère que tous ces camions de télévision dans la rue ne vont pas raconter que vous êtes venus m'interroger, dit Gloria, habillée et prête à partir pour le travail.

Elle avait mis des pantalons dorés, des hauts talons et une blouse blanche ornée d'un ruché au col. Belle femme aux cheveux roux frisant naturellement, Gloria ne sortait jamais de chez elle sans s'être habillée et maquillée avec soin. Divorcée deux fois, elle plaisantait avec ses amis en disant qu'elle espérait avoir des triplés.

– Nous aimerions que vous nous disiez ce que vous savez des habitudes de Nicky, Madame Carson, commença Vormbrock.

– Ses habitudes ? Il était retraité et restait solitaire. Je travaille pendant la journée et j'avais mieux à faire que de noter ses habitudes.

– Vous ne savez pas s'il recevait des visiteurs réguliers ?

– Non.

– Vous avez trouvé sa lessive dans la machine, mais il n'y avait chez lui aucune trace du passage d'une femme de ménage. Faisait-il lui-même le ménage dans son appartement ?

– Je le suppose. S'il avait une femme de ménage, en tout cas, je ne la voyais jamais. Pas plus que lui, dit-elle en rajustant sa coiffure.

– Vous paraissez nerveuse. Nos questions vous troublent-elles ?

– Ce qui me trouble, c'est de savoir que je vis à deux pas de l'endroit où Nicky a été assassiné. J'ai à peine pu fermer l'œil la nuit dernière.

– Une fille venait parfois chez Nicky lui couper les cheveux gratuitement. Êtes-vous au courant de ses visites ?

– Non, et je le regrette. Une bonne coupe de cheveux coûte cher, par les temps qui courent.

Les inspecteurs hochèrent la tête. Nelson se gratta le nez.

Gloria joignit les mains et se pencha en avant.

– Laissez-moi vous dire une chose, quand je partais travailler le matin, je supposais toujours que Nicky dormait encore. Comme vous voyez, ma porte d'entrée donne sur Monty Street, la sienne après le coin, sur Eastern Street. Je gare ma voiture devant chez moi. Il fait nuit quand je rentre et je passe rarement devant sa porte. Des semaines durant, je n'entendais pas un mot sortir de sa bouche. Il y a huit appartements dans cet immeuble, chacun vit sa vie. Tant que les gens paient leur loyer à temps et ne font pas trop de bruit, je suis contente. C'est bien ma chance que Nicky ait démarré une lessive juste avant de se faire tuer ! Si je n'avais pas eu besoin de la machine pour laver des serviettes, il serait encore couché là, dans une mare de sang !

Les inspecteurs gardèrent le silence un moment.

– Madame Carson, dit Vormbrock, tout ce que nous voulons, c'est amener l'assassin de Nicolas Tendril devant la justice. Vous le comprenez, n'est-ce pas ?

– Bien sûr.

– Nous vous posons ces questions dans l'espoir que vous vous souveniez d'une chose à laquelle vous n'auriez pas pensé auparavant. Quelque chose qui pourrait nous être utile. Rien de plus.

Les deux inspecteurs hochèrent la tête à l'unisson.

– Vous avez nos cartes de visite, dit Nelson.

– Les filles qui habitent l'immeuble n'ont pas pu vous être utiles quand vous les avez interrogées ? J'étais tellement bouleversée hier soir… Je ne sais même pas à quelle heure elles sont rentrées. Elles ont toutes des horaires fantaisistes, courent toujours ici et là.

– Toutes ces personnes étaient au travail quand le crime a été commis, dit Nelson. Aucune n'est au courant des visiteurs que pouvait recevoir M. Tendril.

– Leurs noms ne figurent donc pas sur votre liste des suspects ? demanda Gloria avec une pointe de sarcasme.

– Nous ne faisons que notre travail, madame Carson.

Gloria garda le silence pendant que les policiers se retiraient. Elle retourna dans sa salle de bains vérifier sa coiffure et son maquillage avant de partir pour son travail. Y aurait-il quelque chose que j'aurais pu remarquer hier ? se demanda-t-elle. Le meurtrier doit quand même avoir laissé un indice derrière lui.

Elle repassa une fois de plus dans sa mémoire chaque seconde de la journée de la veille après son retour chez elle. Comme d'habitude, elle avait garé sa voiture devant sa porte. Le soleil brillait. En descendant de voiture, ses clefs lui avaient échappé, elle s'était penchée pour les ramasser et ses lunettes de soleil étaient tombées. Après avoir récupéré ses clefs et ses lunettes, elle était rentrée dans son appartement, avait jeté le courrier sur la table et s'était versé un verre d'eau fraîche. Elle était rentrée depuis au moins une demi-heure quand elle avait décidé de faire une lessive.

Elle avait pris sa pile de serviettes sales, était allée dans l'appentis de la buanderie et avait découvert avec agacement que le linge de Nicky était resté dans la machine. Il y avait pourtant un écriteau au-dessus de la machine à laver et du séchoir invitant les locataires à enlever leur lessive une fois le cycle achevé par courtoisie pour leurs voisins. Mais, trop souvent, les gens n'avaient aucune notion du temps. Gloria avait donc traversé la cour en direction de la porte de derrière de Nicky, s'attendant presque à trouver les stores fermés.

Alors, qu'est-ce que j'aurais bien pu remarquer ? se demanda-t-elle en faisant un dernier raccord à son maquillage. Il y a sans doute quelque chose. Le tout, c'est de me rappeler ce que c'était.

Ne serait-ce que pour sauver ma peau.

27

Regan avait installé son ordinateur et son imprimante portables sur la table de la cuisine et naviguait sur Internet, à la recherche des films en cours de production à Los Angeles, pour voir si le nom de Cody y figurait. Elle n'en trouva aucune mention. Elle chercha ensuite, sans plus de succès, si les courts métrages encore sans titre étaient répertoriés. Si Abigail et elle devaient continuer à consulter les milliers de sites ayant trait à la production de films à Los Angeles afin d'y découvrir une trace problématique du projet de Dean et de Cody, elles en auraient pour une éternité.

Abigail se redressa sur sa chaise.

– Ils ne sont sans doute sur aucune liste professionnelle, Regan. Je suis sûre qu'ils n'ont pas beaucoup d'argent et qu'ils cherchent à faire travailler les gens gratuitement. Cody m'a dit qu'ils devaient rencontrer des investisseurs. Quelles personnes saines d'esprit donneraient de l'argent à ces deux-là pour faire un film ?

Avant que Regan ait pu lui répondre, Abigail se frappa le front du plat de la main :

– Des gens comme moi, je suppose. Je n'arrive pas encore à croire que j'ai pris un stylo pour écrire un chèque de cent mille dollars à l'ordre de Cody !

– Tu étais amoureuse, dit Regan. On fait souvent des bêtises quand on est amoureux. Et il ne s'agissait pas d'un investissement mais d'un simple prêt. Ce n'est pas pareil.

– Je parie que Cody fait son numéro de charme à tous les gens qui ont quelques dollars à jeter par les fenêtres. Dean et lui ont sans doute trouvé des naïfs qui s'imaginent aider à lancer la carrières de futures légendes dans l'industrie du spectacle.

– De combien auraient-ils besoin pour financer un court métrage ? demanda Regan.

– Cela dépend. Certains jeunes dans les écoles de cinéma se débrouillent sur des budgets symboliques et ne dépensent presque rien. D'autres s'arrangent pour obtenir des subventions. Cody disait qu'ils voulaient que leur film ait une production « valorisante », ce qui veut dire qu'il coûtera cher. Tu sais, Regan, nous aurions probablement plus de chance de les trouver en rôdant en ville et en repérant leur caméra à un coin de rue qu'en continuant à chercher sur Internet.

– Nous pourrions, dit Regan d'un air pensif, commencer par retourner dans le centre et montrer la photo de Cody aux portiers des grands immeubles proches du bar.

– Pourraient-ils nous fournir des renseignements ?

– Peut-être.

Le portable d'Abigail sonna. Elle vit que l'appel venait de ses parents.

– Les souhaits de bon anniversaire qui commencent, dit-elle.

Pendant qu'Abigail disait à ses parents qu'elle allait bien et qu'elle prendrait bien soin de sa grand-mère, Regan remit son ordinateur dans sa housse. Abigail avait à peine raccroché que le téléphone sonna de nouveau.

– Si je pouvais éteindre cette machine, grommela-t-elle. Mais ce n'est sans doute pas possible… Allô ?

– Abigail, c'est Kaitlyn. Bon anniversaire !

– Merci, Kaitlyn. Comment vas-tu ?

– Je suis revenue de vacances il y a deux jours. J'ai un cadeau pour toi et je voudrais t'inviter à dîner un de ces soirs pour fêter ton anniversaire.

– Ma grand-mère doit arriver tout à l'heure. Elle m'a dit d'inviter des amies à dîner ce soir pour fêter mon anniversaire tous ensemble. Tu es libre ?

– Avec joie. Est-ce la grand-mère qui ?…

– Elle-même. Elle vient exprès m'acheter un appartement et croit que j'ai encore l'argent qu'elle m'avait donné pour m'aider à le payer. Lois a repéré Cody il y a deux soirs dans le centre de Los Angeles. Mon amie Regan Reilly est venue de New York pour m'aider à lui mettre la main dessus.

– Ça alors ! dit Kaitlyn en écarquillant les yeux. As-tu entendu parler de Nicky Tendril ?

– Entendu parler ? La police m'a convoquée pour m'interroger. Il y avait une photo de nous dans son appartement, avec une ligne écrite dessus me décrivant comme une méchante sorcière.

– Oh, Abigail ! Je suis désolée. Tout ça est ma faute.

– Mais non, pas du tout. Plus les jours passent, plus j'ai l'impression de n'avoir été mise sur cette planète que pour expier mes mauvaises actions commises dans une vie antérieure. J'admets avoir été idiote de prêter de l'argent à Cody, mais le reste, je n'y suis pour rien.

– Bien sûr que non. Il faut que je te quitte, dit Kaitlyn en voyant un résident passer la tête par sa porte. Où devons-nous nous retrouver ce soir ?

– Je ne sais pas encore, je t'appellerai tout à l'heure. Je suppose que nous sortirons dîner vers dix-neuf heures trente. C'était mon amie Kaitlyn, poursuivit Abigail en raccrochant. Elle travaille à la résidence pour personnes âgées. Elle se joindra à nous ce soir pour dîner.

– Je suis bien décidée à fêter ton anniversaire comme tu le mérites, dit Regan. En attendant, nous ne trouverons pas Cody en restant assises là. Prenons la voiture et allons en ville.

– D'accord, répondit Abigail au moment où son téléphone sonnait encore une fois.

– Tu es très populaire, la taquina Regan.

Abigail regarda l'écran qui annonçait « Inconnu ».

– Allô ?

– Abigail Feeney ? demanda une voix d'homme un peu voilée.

– Elle-même.

– Parfait. J'ai une livraison à effectuer chez Princess et Kingsley Martin. Je viens d'appeler et j'ai entendu votre numéro sur le répondeur. Vous êtes leur aide ménagère ou quelque chose comme ça.

– Quelque chose comme ça, répondit Abigail. Qu'est-ce que vous leur livrez ?

– Des matelas.

– Des matelas ? Pour quoi faire ?

– Pour dormir dessus, j'imagine. Comment pourrais-je le savoir au juste ? Mon travail consiste à faire des livraisons, pas à poser des questions. Si je ne fais pas de livraisons, je ne suis pas payé.

– Mais ils doivent revenir la semaine prochaine. Vous ne pouvez pas attendre jusque-là ? Vous serez quand même payé.

– Je viens d'Arizona en camion. Si vous refusez la livraison, les matelas retourneront à l'entrepôt et les Martin devront payer un supplément pour une nouvelle livraison. Ce sont des matelas haut de gamme très coûteux. La commande spécifie que la livraison doit être effectuée le plus tôt possible.

Je n'y crois pas ! se dit Abigail.

– Où êtes-vous ?

– À une heure d'ici. Dans l'entreprise, nous avons la consigne de donner au client un préavis d'au moins soixante minutes avant de nous présenter chez lui.

– Bon, je vous attendrai là-bas. J'en ai par-dessus la tête, grommela Abigail en raccrochant.

– De quoi ?

– Il faut aller à Malibu avant de pouvoir faire quoi que ce soit d'autre aujourd'hui. Princess a commandé des nouveaux matelas et il faut que j'y sois pour recevoir la livraison.

– Elle se fait livrer des matelas aujourd'hui ?

– Oui.

– Mais… les matelas sont généralement livrés dans la journée où on les achète, dit Regan. En ce moment, Princess est en Suisse. Quand les aurait-elle commandés ?

– Qui sait ? C'est du haut de gamme, bien entendu. Allons-y. Nous allons encore perdre un temps précieux !

– Tu as raison, Abigail, dépêchons-nous !

28

Lonnie Windworth se réveilla avec un épouvantable mal de crâne, encore habillé dans ses vêtements de la veille au soir. Il était sorti boire avec un groupe de copains dans un bar de Santa Monica Boulevard pour fêter les vingt ans de l'un d'eux et ils avaient perdu le contrôle d'eux-mêmes. Que s'est-il passé après ? se demanda Lonnie. Il ne se souvenait pas d'être sorti du bar. Oh, si, minute ! Il y avait eu un tremblement de terre. Il se rappelait être tombé près d'une voiture.

Encore heureux d'avoir pu rentrer chez moi en un seul morceau, se dit-il en s'asseyant au bord du lit dans sa chambre en désordre. C'est alors qu'il vit la chose. Une sacoche noire inconnue, dont le contenu était éparpillé par terre.

Lonnie avait un sac noir dont il se servait pour aller au club de gym du bout de la rue. Mais je n'y suis pas allé depuis des semaines, pensa-t-il avec remords. Donc, je n'ai pas pu en prendre par erreur un autre au vestiaire. Celui-ci ne ressemble même pas au mien. Est-ce qu'un de mes copains m'a accompagné et s'est écroulé sur le canapé ?

Lonnie se leva, traversa la cuisine en titubant et alla dans le living. Il n'y avait personne. La porte d'entrée était fermée à clef et la chaîne accrochée. J'ai au moins pensé à me protéger des intrusions, pensa-t-il.

Il retourna dans sa chambre et s'assit par terre, où des exemplaires révisés d'un scénario intitulé *Sans Titre* étaient répandus partout. Des stylos-billes, une calculette, un agenda, un assortiment de feuilles volantes et de pages de bloc-notes ajoutaient au fouillis.

Wow ! se dit-il. C'est pas bon. Pas bon du tout. Je ne me rappelle même pas avoir vidé ce sac par terre. Il ouvrit l'agenda. Il appartenait à un certain Dean Puntler, qui suppliait celui qui le trouverait de le prévenir. Lonnie éclata de rire. Je devais vraiment être bourré à mort hier soir ! C'est pas cool. Pas cool du tout. La migraine lui assenait des coups de marteau dans la tête. Il faut que je prenne de l'aspirine, que je me douche et que je décide ensuite ce qu'il faut faire de ce sac, s'il y a quelque chose à en faire. Je ne peux pas l'apporter à la police en disant que je l'ai trouvé, ça paraîtrait bizarre. Je me sens quand même coupable. Je ne sais pas où il est en ce moment, mais ce pauvre bougre de Dean doit être dans tous ses états.

Lonnie essaya de se relever, mais il eut une nausée et se laissa retomber sur son lit. Je ne boirai plus jamais autant, se dit-il. Jamais. Pourquoi le barman leur offrait des verres sans arrêt ? C'était idiot. Comment je vais faire pour aller travailler au restaurant à onze heures ?

Il se releva, alla dans la douche et ouvrit les robinets au maximum. Je devrais peut-être jeter simplement ce sac dans une poubelle, pensa-t-il en se déshabillant et en entrant dans la vieille baignoire fissurée. L'eau rejaillit partout de son anatomie négligée. Il faut vraiment que je retourne au club, pensa-t-il en s'asseyant.

Il posa la tête sur le rebord et se rendormit.

29

Cornelius Cavanaugh, l'avocat d'Abigail, était au téléphone avec Dom Hartman, l'un des producteurs du film au cours duquel elle avait été blessée.

– Vous voulez rire ! s'offusqua Cornelius. Elle s'est cassé le bras en deux endroits et tout ce que vous proposez, c'est de monter votre offre à vingt mille dollars ? Avec quoi voulez-vous qu'elle me paie ? ajouta-t-il en riant.

– C'est votre problème, répondit Dom. Elle a été opérée, elle sera vite rétablie. Elle ne voudrait quand même pas se faire une mauvaise réputation dans le milieu, n'est-ce pas ?

– Et vous alors ? répliqua Cornelius. C'est vous qui avez la réputation d'avoir trop d'accidents pendant vos tournages.

– Disons quelques incidents, se défendit Dom. Mais ils se produisent uniquement sur le plateau. Vous voyez ce que je veux dire, Cornelius ?

30

Cody était prêt pour leur rendez-vous de dix heures. Il avait une allure très Hollywood avec un jean coûteux, une chemise blanche, un blazer bleu marine du bon faiseur et des mocassins de cuir beurre frais. Une tenue assez élégante pour manifester du respect à ses interlocuteurs, assez décontractée pour montrer qu'il était un « artiste ».

– Tu es superbe, dit Stella qui puisait dans un compotier de fraises, étendue sur le canapé de leur bungalow.

– Et toi, tu es sublime.

– Non, pas du tout. Je crois que j'attrappe des boutons. Ce doit être le stress du tremblement de terre.

– Boutons ou pas, tu es la plus belle fille du monde, dit-il en se penchant pour l'embrasser. Que comptes-tu faire, aujourd'hui ?

– Je ne sais pas. Je trouverai de quoi m'occuper. Rester à l'ombre près de la piscine, par exemple. Quand vas-tu rentrer ?

– Je n'en sais rien au juste, nous avons plusieurs rendez-vous. Je t'appellerai. À cette heure-ci la semaine prochaine, dit-il en se frottant les mains, nous serons dans le Vermont en train de tourner ! Je brûle d'impatience. J'ai vu tout à l'heure à la télévision de la salle de bains qu'il tombait beaucoup de neige.

– J'ai hâte d'y être moi aussi, roucoula Stella. Tout a si bien marché depuis le moment où Dean m'a fait lire le scénario... Le fait qu'il y ait une pause entre les épisodes de ma série pendant le tournage de votre film, ce qui me permet d'y jouer... Le fait de t'avoir rencontré et de tomber follement amoureuse de toi... Le fait de pouvoir passer ces quelques jours ensemble dans un bungalow du Beverly Hills... Tout arrive comme si nos étoiles nous portaient chance.

Le téléphone de Cody sonna. Il reconnut le numéro de Dean.

– Dean ? Tu es dehors ?... Parfait. J'arrive tout de suite. Il faut que j'y aille, dit-il en raccrochant. Au revoir, ma beauté.

– Au revoir, dit Stella en riant. Dépêche-toi de revenir.

Dehors, dans sa voiture, Dean était encore en état de choc après avoir entendu les informations sur Nicky Tendril.

Cody ouvrit la portière et sauta à l'intérieur.

– Salut, partenaire ! dit-il en bouclant sa ceinture.

– Salut, grogna Dean, qui démarra et prit l'allée conduisant à la sortie de l'hôtel.

– Tu as l'air crevé, s'apitoya Cody. Mais le sommeil que tu as perdu hier soir en valait largement la peine. Stella était très touchée que tu sois venu l'accueillir. Et cette rose ! C'était la pointe de génie. Je suis enchanté de te l'avoir suggérée.

Sur quoi, Cody se carra dans son siège avec un sourire satisfait.

– Nicky Tendril a été assassiné, lâcha Dean en s'engageant sur Sunset Boulevard.

– Quoi ?

– Je l'ai entendu ce matin aux informations. Quelqu'un l'a poussé contre un mur et il s'est fracassé le crâne. Il a été découvert hier après-midi, vers trois heures. Pas très longtemps après que nous avons dû ingurgiter son infecte soupe.

– Tu parles sérieusement ?

– Tu crois que j'ai envie de plaisanter ? J'ai assez de problèmes comme ça.

Cody fit une grimace en secouant la tête.

– Il a peut-être voulu faire manger sa soupe à quelqu'un d'autre, plaisanta-t-il. Penser que ce type a volontairement attendu que nous ayons liquidé nos bols de cette cochonnerie pour nous dire qu'il ne voulait pas investir dans notre film ! J'aurais pu le tuer.

– Tu l'as fait ?

– Fait quoi ?

– C'est toi qui l'as tué ?

– Tu es cinglé ? cria presque Cody. Bien sûr que non ! Qu'est-ce qui ne va pas dans ta tête ?

– Tu es peut-être devenu impatient après être resté aussi longtemps enfermé en taule, suggéra Dean. Après avoir discuté avec lui, je suis sorti et je suis allé directement à la voiture. Tu étais une minute derrière moi. C'est peut-être toi qui l'as poussé après mon départ.

– Je ne l'ai même pas touché ! Comment peux-tu penser des choses pareilles ?

– Parce que nous étions chez lui juste avant sa mort et que nous avions un mobile plausible. Alors si ce n'est pas toi, qui l'a fait ?

– Je n'en sais rien ! dit Cody qui leva les mains avec fatalisme. Je regrette qu'Abigail m'ait dit qu'il avait autant d'argent. Tu as gâché tellement de temps à essayer de te mettre dans ses bonnes grâces…

– Pendant que tu étais en taule ! Tu passais ton temps à lever des poids pour te faire les muscles alors que je gâchais le mien à surveiller sa porte pour voir s'il en sortirait jamais pour aller au supermarché. J'ai passé des jours à attendre qu'il émerge de son trou pour aller acheter un litre de lait ! Quand il s'est enfin décidé, j'ai fait semblant de le bousculer au supermarché, je lui ai proposé de porter ses provisions jusque chez lui et nous avons lié conversation. Quel vieillard barbant, c'en était incroyable ! Tout ce processus était épuisant et nous en sommes sortis sans un sou ! Maintenant, les flics vont finir par découvrir que nous étions sur la scène du crime juste avant qu'il ait lieu. Tu es sûr de ne pas l'avoir un petit peu poussé ?

– Évidemment que j'en suis sûr ! répliqua Cody en donnant un coup de poing sur son siège. Mais nous n'avons rien oublié derrière nous, n'est-ce pas ? Il vaut mieux que les flics ne sachent pas que nous y étions. Pour un tas de raisons évidentes.

– Moi, je n'ai rien laissé. J'espère seulement qu'il a eu le temps avant de mourir de nettoyer nos bols et d'y effacer notre ADN, bafouilla Dean.

– Et la sacoche que tu as perdue ? dit Cody en pointant sur Dean un doigt accusateur. Cela ne nous rend pas service.

– Je ne l'ai pas perdue ! On me l'a volée dans le coffre.

– Y avait-il dedans quelque chose qui pourrait nous causer des ennuis ?

– Comme quoi ?

– Je n'en sais rien.

– Sois tranquille, Cody. Les cartes postales que tu m'as envoyées de prison sont chez moi dans un album.

AU VOLEUR !

Dean franchit la grille de Bel Air. Le soleil brillait et les jardins entretenus à la perfection étaient superbes. Ils roulèrent en silence dans les allées sinueuses, passèrent devant des demeures plus luxueuses les unes que les autres et atteignirent enfin l'imposante résidence aux colonnes blanches de Thomas L. Pristavec.

– Pas trop délabré, grommela Dean.

Il s'identifia dans l'interphone à l'entrée de la propriété. La grille s'ouvrit, Dean entra dans une vaste cour et gara sa voiture à côté d'une Bentley flambant neuve.

– Vingt-cinq mille dollars, c'est une goutte d'eau pour un type comme ça, dit-il en prenant sur la banquette arrière l'attaché-case de cuir dont il ne se servait que dans les occasions comme celle-ci.

Cody ouvrit sa portière et se tourna vers Dean :

– Je me fiche de savoir combien d'argent il a. Mais il ferait bien de ne pas essayer de nous faire avaler de la soupe à la choucroute.

31

Dès l'instant où elle se réveilla, Lois se sentit frustrée de ne pas pouvoir participer à la recherche de Cody avec Abigail et Regan. Si seulement j'avais pu l'attraper dans un filet l'autre soir ! pensa-t-elle.

Elle se doucha, s'habilla, enfila une paire de gants et se dépêcha de sortir. Son voisin de palier Hank, surfer de vingt ans, sortait en même temps de chez lui en combinaison de surf. Il avait l'air encore à moitié endormi.

– Quoi de neuf, Lois ?

– Pas grand-chose. Et toi, Hank, ça va ?

– Le tremblement de terre m'a un peu flanqué les jetons hier soir, répondit-il d'une voix traînante. Une bouteille de bière vide s'est cassée en tombant de la table basse. Je savais que j'aurais dû la jeter depuis longtemps.

– Et moi, dit Lois en riant, le verre d'eau à côté de mon lit s'est cassé lui aussi. Le tremblement de terre aura-t-il de l'effet sur le surf ?

– C'est ce que je vais voir tout de suite. Jolis, tes gants. Tu en as une paire différente chaque fois que je te rencontre. Ils sont toujours très chic.

– Tu as besoin de ta combinaison pour te protéger des éléments, moi j'ai besoin de mes gants. Comme je dois en porter tous les jours, j'aime bien y mettre un peu de variété.

– Cool. Je me fiche de l'allure de ma combinaison tant qu'elle me tient chaud.

– Amuse-toi bien. Je te souhaite d'attraper une grosse vague.

Lois descendit l'escalier, se rendit à sa voiture. Elle brancha son téléphone portable sur les haut-parleurs du véhicule et appela Abigail après avoir démarré.

– Bon anniversaire ! cria-t-elle quand Abigail décrocha.

– Salut, Lois. J'ai eu ma grand-mère au téléphone. Elle m'invite à dîner ce soir avec quelques amies. Il faut que tu viennes.

– Super ! Où cela ?

– Je ne sais pas encore au juste. Tu n'as pas souffert du tremblement de terre ?

– Non, aucun problème.

– Tant mieux. Je ne peux pas te parler maintenant, mais je te rappellerai tout à l'heure pour te dire où nous nous retrouverons, probablement vers dix-neuf heures trente. Si ton tournage dure plus longtemps, tu nous rejoindras dès que tu pourras.

– D'accord. Avant de raccrocher, dis-moi ce qui s'est passé hier soir quand vous êtes allées dans le centre.

– Nous avons montré la photo de Cody au barman et aux serveurs de chez Jimbo, mais aucun ne se rappelait l'avoir vu.

– Dommage. Tous mes vœux pour aujourd'hui. S'il y a de bonnes nouvelles, je compte sur toi pour me les donner.

– Sois tranquille, Lois. Tu seras la première à les connaître.

32

Cody et Dean gravirent le perron jusqu'à la gigantesque porte d'entrée du palais de Pristavec. Dean appuya sur la sonnette.

– Je n'avais pas idée que la maison aurait cette allure, chuchota Cody.

– Moi non plus. La dernière fois que je l'ai rencontré, c'était au restaurant. Je suppose qu'il me fait confiance, maintenant.

Un majordome ouvrit la porte.

– Nous sommes attendus, dit Dean avant de se présenter.

– Veuillez entrer, répondit le majordome avec un hochement de tête approbateur.

J'ai l'impression qu'ici au moins, nous ne serons pas forcés d'avaler une infecte soupe à la choucroute, pensa Cody en pénétrant dans un somptueux hall de marbre.

– Monsieur va vous recevoir au salon, les informa le majordome. Si vous voulez bien me suivre.

– Tout ce que vous voulez, dit nerveusement Dean, visiblement impressionné et intimidé par l'élégance du cadre.

Au fond du hall, un majestueux escalier donnait accès à l'étage. Des portraits encadrés étaient accrochés au mur à côté de chaque marche. Je rêve, pensait Dean. Si Pristavec voyait mon appartement minable, il ne me confierait jamais un seul sou.

Ils suivirent le majordome à travers le hall, descendirent deux marches au tapis moelleux et entrèrent dans un salon comme aucun des deux jeunes gens n'en avait encore vu. Où trouve-t-on des meubles comme ceux-là ? se demanda Dean. Tout ici est à une échelle grandiose.

Les cheveux encore bruns a soixante-dix ans, Thomas Pristavec se tenait devant une cheminée de pierre montant jusqu'au plafond, en grande conversation avec une très jolie femme qui ne devait pas avoir plus de quarante-cinq ans.

– Vos invités sont arrivés, monsieur, annonça le majordome.

Thomas se retourna.

– Bonjour, Dean ! s'exclama-t-il avec enthousiasme en se hâtant de venir lui serrer la main. Et vous êtes Cody, je pense ?

– Oui, monsieur. Cody Castle.

– Enchanté de faire votre connaissance, Cody. Kicky, poursuivit-il en se tournant vers la femme, viens dire bonjour !

Brune, les yeux marron, Kicky s'approcha et tendit la main à Cody avec un sourire chaleureux.

– Ravie de vous connaître, Cody.

– Tout le plaisir est pour moi, répondit-il en lui serrant la main.

– J'aime bien la fermeté de votre poignée de main.

– Merci. Vos mains sont si douces et si belles, répondit Cody sur le même ton de flirt léger.

– Il faut bien qu'elles le soient ! intervint Thomas en assenant une claque sur le dos de Cody. Elle fait de la publicité avec et je crois bien qu'elle gagne plus d'argent que moi ! Kicky et moi nous sommes rencontrés à Aspen, il y a quinze jours. Je me sens l'homme le plus heureux du monde.

Cody espéra que Dean n'allait pas se trouver mal.

– Vos mains passent à la télévision ? demanda-t-il sans lâcher celle de Kicky. C'est passionnant. J'aimerais tout savoir là-dessus.

– Oh ! Il n'y a pas grand-chose à en dire, dit Kicky en agitant sa main libre.

Tu veux parier ? pensa Dean.

– Ce travail me plaisait, poursuivit Kicky. Le seul problème, c'est qu'il faut toujours faire attention pour ne pas écorcher ses mains ou même, à Dieu ne plaise, attraper des taches de rousseur ou…

– Pourquoi pas des verrues ? l'interrompit Thomas. Cela te réduirait au chômage, n'est-ce pas chérie ? dit-il en s'esclaffant, amusé par son trait d'esprit.

Kicky sourit en levant les yeux au ciel.

– Vous ne portez pas de gants pour ?…, commença Cody.

Les mots lui sortaient à peine de la bouche quand il sentit Dean se crisper et comprit pourquoi. Mieux valait ne rien dire qui les relie, même de loin, à l'exaspérante Lois ou l'amène dans la conversation. Il se pouvait fort bien que Kicky la connaisse.

– Des gants ? J'en porte quelquefois mais jamais à la maison. Je fais attention. Et puis, ajouta-t-elle en posant la main sur le bras de Thomas, j'ai maintenant Thomas pour me dorloter.

– Rien de plus vrai, déclara Thomas. Allez, les garçons, asseyez-vous. Un café ?

– Non merci, se hâta de répondre Dean. Nous avons déjeuné tous les deux.

Il ne se sentait pas d'humeur à respecter les règles de l'étiquette en se faisant servir le café par un majordome, encore moins à s'inquiéter du risque d'en renverser la moindre goutte sur le canapé.

– C'est exact, confirma Cody. Je suis descendu à l'hôtel Beverly Hills. Il servent un petit déjeuner fabuleux. Les fruits sont d'une fraîcheur !

– Bien sûr, dit Thomas. Bien sûr. J'aime beaucoup cet hôtel, surtout le Polo Lounge.

– Le cadre est très agréable, approuva Dean. J'aime beaucoup y aller moi aussi.

– Ravi que tout le monde soit bien nourri. Et maintenant, enchaîna Thomas, passons aux choses sérieuses. Cody, je suis enchanté de vous connaître enfin. Votre projet nous passionne, Kicky et moi. Nous avons beaucoup aimé le scénario. Beaucoup. Comme je le disais, nous nous sommes connus à Aspen, ce qui fait que nous avons particulièrement apprécié que l'histoire ait le ski pour toile de fond.

– Je vais à Aspen tous les ans à Noël, mais je n'avais pas skié depuis des années, expliqua Kicky. J'avais peur de me casser une main. Mais depuis que je connais Thomas, j'en prends le risque. Thomas ne veut pas skier sans moi.

– Non, absolument pas.

– Comme c'est romantique ! commenta Cody en s'efforçant de prendre l'air ému. Bien sûr, notre histoire se déroule dans le Vermont.

– Oui, c'est vrai, dit Thomas. Va pour le Vermont. Bref, comme je vous le disais, ce qui m'a plu, c'est l'idée d'investir dans un film qui ne dure pas plus de trente minutes. Vous promettez qu'il ne fera pas une minute de plus ?

Il éclata de rire, Kicky en fit autant.

– Nous le promettons, affirma Cody.

– Croyez-vous pouvoir le vendre aux chaînes câblées ?

Dean s'éclaircit la voix avant de répondre :

– Les possibilités sont innombrables. Le câble, les droits étrangers, les ventes de DVD… Un Oscar, pourquoi pas ?

– C'est ça qui serait bien ! dit Thomas en riant. Dans ce cas, je donnerais une fête à tout casser. Vous promettez que notre star viendra ?

– Sûrement. Elle sera ravie.

– Nous aurions tant voulu la rencontrer, dit Kicky.

– Elle est débordée, répondit Dean. Elle a cette série à New York qui…

– Écoutez, l'interrompit Thomas. Je vous trouve très bien, tous les deux. Sincèrement. Et toi, Kicky ?

– Ce sont de charmants jeunes gens.

Thomas lui prit une main, y posa un baiser et la brandit pour que Dean et Cody l'admirent.

– Pouvez-vous croire qu'une main puisse être aussi belle ? La plupart des filles qui font le même métier sont à la retraite quand elles arrivent à l'âge de Kicky.

– Thomas ! protesta Kicky.

– Je suis fier de toi, chérie. Écoutez, les amis, poursuivit-il en se tournant vers Cody et Dean, je sais que nous parlons de vingt-cinq mille dollars pour ma part du gâteau.

Allons bon, pensa Dean. Ne réduisez pas le chiffre, par pitié. Nous avons besoin du moindre sou…

– Mais ce que je voudrais, poursuivit Thomas, c'est participer davantage. Je sens que je vais gagner gros avec ce film.

Sinon, eh bien je veillerai à ce que Kicky n'arrête pas de travailler, dit-il en riant. Vous voulez limiter les investissements, je sais, mais reste-t-il de la place pour que j'achète deux parts ? Je voudrais mettre cinquante mille.

Inconsciemment, Dean se lécha les babines comme un chien qui attend une récompense. Cody maîtrisa à temps un haut-le-corps.

– Oui monsieur, nous devrions pouvoir accepter, dit-il. Un de nos investisseurs vient de décéder subitement. Nous n'avions pas encore reçu la somme et nous ne voulons pas troubler sa famille en ces douloureuses circonstances.

– Dommage pour lui, commenta Thomas. Je l'aurais invité à ma projection privée.

– Il aurait certainement pris grand plaisir à y assister, dit Dean d'un ton solennel.

– Bon, enchaîna Thomas. Eh bien, je vais demander à mon comptable de déposer le chèque ici cet après-midi.

– Parfait. Nous reviendrons le chercher plus tard dans la journée, suggéra Dean.

– J'ai une meilleure idée, dit Thomas. Vous avez dit que vous aimiez beaucoup le Polo Lounge. Retrouvons-nous y ce soir. Kicky et moi tenons à vous inviter tous les deux à dîner pour fêter cela.

– Mais non, voyons ! protesta Dean en souhaitant que sa voix ne soit pas trop grinçante. Nous ne voulons pas vous déranger. Sincèrement, c'est très généreux de votre part, mais...

– Nous insistons ! déclara fermement Thomas.

Cody sentait le sang lui monter à la tête.

– Vous êtes trop aimable, mais honnêtement...

– Nous insistons, répéta Pristavec. Si vous voulez le chèque, soyez ce soir au Polo Lounge. Sept heures trente, cela te convient, Kicky ?

– Tout à fait. Nous y serons à dix-neuf heures trente précises.

33

– Laisse-moi prendre le volant, avait proposé Regan à Abigail alors qu'elles se dirigeaient vers la voiture. Tu reçois tellement de coups de fil en ce moment, même si tu branches ton portable sur le micro mains libres, cela me paraît plus raisonnable.

– Bonne idée, Regan.

Elles avaient descendu Laurel Canyon et tourné à droite sur Sunset Boulevard. La circulation était dense, comme toujours le matin un jour de semaine. Les gens allaient au travail ou vaquaient à leurs occupations quotidiennes. En dépit du séisme de la veille au soir, la vie reprenait son cours habituel en Californie du Sud.

– Veux-tu inviter quelqu'un d'autre à dîner ce soir ? demanda Regan à Abigail après sa conversation avec Lois.

– Pas vraiment. Si quelqu'un d'autre appelle pour me souhaiter mon anniversaire, je ne l'inviterai que si j'en ai envie.

Le téléphone sonna encore une fois. Abigail regarda l'écran.

– Mon avocat. Allô ? dit-elle en décrochant.

Bien carré dans son fauteuil de cuir, le téléphone à l'oreille, Cornelius regardait par la fenêtre de son opulent bureau. Il ne se lassait jamais de contempler HOLLYWOOD en grandes lettres blanches au flanc la colline.

– Abigail ! brailla-t-il. Comment allez-vous ? Vous avez survécu au tremblement de terre en un seul morceau, je pense ?

– En ce moment, le tremblement de terre est le dernier de mes soucis. C'est mon bras qui est encore en morceaux.

– Gardez le moral, Abigail, dit-il en baissant la voix.

– Je fais de mon mieux. Avez-vous des nouvelles à me donner ? Je peux déjà dire qu'elles ne sont pas bonnes.

Cornelius fit pivoter son fauteuil pour être face à son bureau et se redressa.

– Les producteurs me donnent du fil à retordre, murmura-t-il d'un ton accablé. Ils ont monté leur offre à vingt mille dollars mais affirment qu'ils n'iront pas plus loin. Vous aviez été payée pour le tournage complet, après tout.

– Bien sûr qu'ils m'ont payée pour le tournage complet ! J'ai été blessée le dernier jour ! Et je suis dans l'incapacité de travailler depuis !

– Je sais. Je ne fais que vous transmettre les informations. Ils seraient très heureux de conclure l'affaire par un règlement amiable.

– Moi aussi ! Mais je n'accepte pas une somme pareille. C'est une aumône ! Je ne sais même pas encore quand mon bras sera assez remis pour que je puisse de nouveau travailler.

– Je comprends. Mais ils persistent à dire que c'est leur meilleure offre et qu'ils refusent de la changer.

– Eh bien, nous les poursuivrons en justice.

– Cela coûtera cher.

– Comme tout le reste.

– Voyons, Abigail, vous m'aviez dit que vous étiez à court d'argent. Un procès pourrait nuire à votre carrière…

– Si vous ne voulez pas me représenter, Cornelius, je prendrai un autre avocat. On ne peut pas laisser ces gens commettre impunément de telles négligences. L'échafaudage s'était déjà écroulé deux fois avant mon accident et ils n'ont jamais rien fait pour le consolider. Je ne me laisserai pas intimider. Mon bras me fait très mal et…

– D'accord ! l'interrompit Cornelius en donnant un coup de poing sur son bureau. Je les appelle tout de suite pour leur dire que vous refusez leur proposition.

– Faites-le.

– Soyez tranquille, Abigail, je vous tiendrai au courant.

Abigail raccrocha.

– Lui, dit-elle à Regan, je ne l'ai pas invité à dîner.

– Cela me plaît que tu restes ferme sur tes positions, dit Regan en riant.

– J'ai l'impression que je n'ai plus rien à perdre.

Au carrefour de Sunset Boulevard et de la route côtière, la Pacific Coast Highway, Regan s'arrêta au feu rouge. En face d'elles, l'océan s'étendait à perte de vue.

– Je regrette que nous n'ayons pas la moindre idée de l'adresse du studio de Dean et de Cody, dit Regan.

– Malibu s'étire sur une trentaine de kilomètres, répondit Abigail. La plupart des gens vivent près de la mer, mais le studio se trouverait plus haut, dans un canyon. C'était une sous-location aménagée dans le garage d'une maison ancienne, c'est pourquoi je n'ai pas trop insisté pour aller le voir. Si Cody avait habité près de la plage, j'y serais allée le week-end, quel que soit l'endroit. De toute façon, nous aurions passé la journée au grand air.

– Si seulement nous connaissions un lieu où Dean et Cody avaient leurs habitudes, dit Regan en pianotant sur le volant.

– Il y a une plage de naturistes. On peut y aller voir.

Au feu vert, Regan démarra et tourna sur la route en riant.

– Non, merci !

– Avec ma chance, nous attraperions des coups de soleil, dit Abigail en s'accoudant à la portière pour regarder dehors. J'ai déjà écumé les parages des milliers de fois, Regan, crois-moi.

Regan poursuivit son chemin sur la route étroite et sinueuse, avec la plage sur la gauche et les canyons à droite.

– Malibu est très étendu, mais la population est assez réduite, dit-elle. Princess a-t-elle rencontré Dean ou Cody ?

– Si elle a rencontré Dean, elle ne m'en a jamais parlé. Elle a vu Cody une fois, quand il était venu me chercher à la maison. Princess l'avait invité à dîner, mais nous avions d'autres projets ce soir-là.

– Ils n'ont donc pas eu vraiment l'occasion de se connaître ?

– Non. Cody est entré quelques minutes et a bavardé un instant avec Princess et Kingsley, rien de plus. Quand nous sommes montés en voiture, il m'a dit qu'il les avait trouvés bizarres et ne serait jamais resté dîner chez eux, même si nous n'avions rien eu de prévu. Il avait quelquefois des idées arrêtées. Il m'a demandé pourquoi je fréquentais des olibrius pareils. Je lui ai rappelé que les olibrius ont besoin de coupes de cheveux et qu'ils me payaient très généreusement. C'était au moins un travail honnête, soupira Abigail. Quelque chose dont il ne soupçonnait sans doute même pas l'existence.

– Princess sait-elle que Cody s'est envolé avec ton argent ? demanda Regan.

– Non. Je me suis cassé le bras peu de temps après la disparition de Cody, donc je ne suis pas retournée chez elle jusqu'à ce qu'elle me demande si je voulais bien surveiller la maison en leur absence. Elle savait que j'avais eu un accident et que j'avais besoin d'argent. La semaine dernière, avant leur départ, je me suis rendue chez elle pour chercher les clefs et voir ce qu'il fallait que je fasse. C'était la première fois que je revoyais Princess depuis plus de trois mois. Elle et son mari étaient en pleins préparatifs pour leur voyage, nous n'avons pas bavardé. Si je l'avais coiffée après le départ de Cody, je lui aurais sans doute tout raconté. C'est toujours ce qui arrive quand on coiffe la même personne pendant un moment, on se dit des choses qu'on ne dirait même pas à ses amis intimes. Pour le moment, Princess croit simplement que nous avons rompu. Tu sais, Regan, il est gênant au bout d'un certain temps d'avouer à quel point on a été bête. Il y a déjà bien assez de gens au courant de mon histoire.

– Cody savait quand même que Princess et son mari avaient de l'argent.

– Bien sûr. Pourquoi ?

– Si Dean et lui cherchaient de l'argent pour leur film et savaient que Princess et son mari en avaient beaucoup…

– Non, dit Abigail en secouant la tête. Aussi mauvais que soit Cody, j'ai du mal à le croire. De plus, il aurait eu peur que je dise à Princess qu'il était parti avec mon argent.

– Tu as raison. Mais ils me donnent l'impression d'être le genre de gens qui seraient heureux d'investir dans un film comme celui de Cody. Ils s'imagineraient pouvoir s'en mêler davantage que s'il s'agissait d'un grand long métrage. Dean aurait pu poser des jalons et tâter le terrain pour savoir si Princess et Kingsley étaient au courant de ta rupture avec Cody.

– Et Princess ne m'aurait pas dit qu'elle avait mis de l'argent dans ce film ? demanda Abigail en s'échauffant.

– Je n'en sais rien. J'essaie seulement de considérer la question sous tous les angles. Si Princess avait cru que Cody et toi vous étiez séparés en bons termes, elle se serait dit que c'était aussi bien.

– J'aurais considéré cela comme un coup de poignard dans le dos ! s'exclama Abigail avec véhémence. Ce serait inexcusable. Nous avions partagé des secrets. Il y a un code d'honneur entre une coiffeuse et sa cliente, tu peux me croire. Du moins, il y en avait.

– Je n'ai pas dit que Princess avait quoi que ce soit à voir avec le film. Mais Cody est manifestement un opportuniste, je ne pense rien de plus. Il est du genre à se servir de tes contacts derrière ton dos.

Regan quitta la route pour descendre vers la mer puis emprunta une longue allée qui montait vers la résidence de Princess et de Kingsley. Dans la lumière du jour, la maison perchée sur une falaise avec, en arrière-plan, le Pacifique qui miroitait sous le soleil, était sans aucun doute impressionnante.

– Je peux à présent apprécier comme il faut la beauté de l'endroit, dit Regan.

– Une situation unique, oui, répondit Abigail. Mais ils n'arrivent quand même pas à la vendre.

– Princess a-t-elle vraiment autant besoin de se rapprocher de Beverly Hills ?

– Oui, dit Abigail d'un ton définitif.

Regan pouffa de rire.

– Elle n'aime que courir les boutiques, poursuivit Abigail. Ici, à côté de la plage, elle s'ennuie. Elle dit qu'admirer des couchers de soleil manque de variété.

En descendant de voiture, Regan s'approcha de la limite de la propriété et regarda l'horizon. L'air pur sentait bon, il soufflait une brise légère. Loin au-dessous, les vagues s'écrasaient au pied de la falaise. Regan se retourna et alla vers la porte d'entrée.

– Nous sommes plus près de l'eau que je ne croyais.

Abigail venait de prendre les clefs dans son sac.

– C'est un autre problème. En plus des crimes qui y ont eu lieu, les gens sont convaincus que la maison tombera tôt ou tard de la falaise, dit-elle en ouvrant la porte.

– Dans ce cas, j'espère que le livreur ne tardera pas.

Abigail éteignit l'alarme, fit rapidement le tour de la maison et rejoignit Regan au salon. Pendant qu'elles attendaient, deux amies d'enfance appelèrent Abigail pour lui souhaiter son anniversaire et Regan réfléchit en revoyant ses notes.

À dix heures trente, Abigail regarda sa montre.

– Le livreur aurait dû arriver il y a une demi-heure.

– Tu n'as pas son numéro ?

– Non.

– Attendons encore un moment, dit Regan.

Une autre demi-heure s'écoula.

– C'est ridicule ! dit Abigail avec impatience. Nous perdons un temps précieux.

– J'ai trouvé que cet appel avait quelque chose de louche, dit lentement Regan.

– C'est vrai ?

– Je n'ai rien voulu te dire, parce que tu as déjà assez de sujets de réflexion ces temps-ci et que tu ne pouvais pas ne *pas* venir ici. Mais j'ai été étonnée que Princess ne t'ait pas avertie de cette livraison de matelas. Tu devais inspecter la maison tous les jours, mais à aucun moment précis, n'est-ce pas ?

– Oui. De fait, elle préférait que je vienne à des heures irrégulières de manière à ce qu'on ne pense pas que la maison était inoccupée. Elle ne m'a jamais parlé d'une livraison. Je ne voulais pas la déranger pendant ses vacances, mais cette fois je crois que je vais le faire.

Abigail se leva et alla à la cuisine appeler le portable de Princess, en mémoire dans le téléphone mural. Regan la suivit aussitôt.

« Bonjour, Princess à l'appareil ! Désolée de ne pas pouvoir prendre votre appel…

– Sa messagerie vocale…, commença Abigail avant de s'arrêter net, les yeux écarquillés.

« Nous sommes en avion sur le chemin du retour. En cas d'urgence… »

Abigail raccrocha.

– C'est franchement bizarre, Regan. Le message dit qu'ils sont en train de rentrer. Ils ne devaient pas revenir avant vendredi.

– Depuis combien de temps sont-ils partis ?

– Une semaine.

– C'est assez long pour beaucoup de gens. Ils ont peut-être eu l'envie soudaine de dormir dans leurs lits… Ou bien ils avaient hâte d'essayer leurs nouveaux matelas.

Abigail se laissa tomber sur une chaise, les coudes sur la table de la cuisine, les traits contractés par la détresse.

– Qu'est-ce que je vais faire, Regan ? dit-elle, les yeux pleins de larmes. Tout cela est désespérant Nous ne retrouverons jamais Cody. Il a sans doute déjà dépensé tout mon argent.

– Allons, Abigail, s'empressa de dire Regan d'un ton réconfortant. Nous ferons tout ce que nous pourrons pour le retrouver aujourd'hui. Donnons encore un quart d'heure à ce livreur et nous partirons. S'il arrive et que nous n'y sommes plus, il te rappellera. Nous reviendrons et nous lui donnerons un bon pourboire pour sa peine.

Abigail sortit de sa poche un mouchoir pour s'essuyer les yeux.

– C'est une idée.

– Une bonne idée, si je peux me permettre. Ne pleure pas, Abigail. Connais-tu le proverbe : « Si tu pleures le jour de ton anniversaire, tu pleureras toute l'année » ?

– Oui, Regan, je le connais, répondit Abigail avec un éclair amusé dans le regard. C'est une des expressions favorites de ma grand-mère.

Je suis mal tombée, pensa Regan pendant qu'elles éclataient de rire.

– Belle consolation que je te donne ! dit Regan. Fermons la maison, Abigail, et attendons dehors. Rester un peu au soleil te fera du bien. Si personne n'arrive d'ici dix minutes, nous partirons.

– Nous irons directement dans le centre.

– Oui.

– D'accord, Regan, dit Abigail d'une voix encore mal assurée. Merci encore d'être avec moi. Tu me réconfortes plus que tu ne le crois. Je ne sais pas ce que je ferais sans toi…

Le téléphone d'Abigail sonna. Elle l'avait laissé sur la table basse du salon.

– C'est peut-être le livreur qui s'était égaré, dit-elle avec espoir en quittant la cuisine en courant.

Mais ce n'était pas le livreur de matelas.

L'appel venait de l'inspecteur Vormbrock. L'inspecteur Nelson et lui voulaient avoir un nouvel entretien avec Abigail.

34

Nora aimait beaucoup descendre au Breakers Hotel. Luke et elle allaient tous les ans y passer une dizaine de jours au mois de janvier. À cette époque de l'année, les vacances étaient finies, elle avait terminé son dernier livre, ils pouvaient donc profiter tranquillement d'un peu de repos et de détente. Cette année, le temps était encore plus doux que d'habitude, ce qui plaçait les longues heures de farniente près de la piscine en tête de l'agenda de Nora. C'était d'ailleurs exactement ce qu'elle faisait.

Une fois de plus, Luke était allé jouer au golf. Ils devaient retrouver des amis plus tard pour boire un verre. Après un déjeuner léger, Nora s'était emparée d'un transat au dernier rang pour y établir son campement. Elle comptait y rester jusqu'à son rendez-vous de quinze heures trente au spa pour une séance de massage. Coiffée d'une grande capeline et protégée par des lunettes de soleil, elle s'était enduite de crème solaire et avait sorti un journal de son sac.

La manchette à la une annonçait le tremblement de terre de Los Angeles. Nora poussa un soupir. Hier j'étais assise ici même quand Regan a appelé pour dire qu'elle partait pour Los Angeles. Qui aurait pu prévoir que je serais au même endroit vingt-quatre heures plus tard en lisant ceci ?

Nora dévora chaque mot de l'article avant de sentir ses paupières s'alourdir. C'est incroyable, pensa-t-elle. J'ai pourtant bien dormi la nuit dernière. Je dois avoir du sommeil à rattraper. Elle reposa le journal, inclina le dossier du transat à un angle plus confortable pour la sieste et ferma les yeux. Les bruits des gens qui s'activaient autour de la piscine avaient en un sens un effet relaxant. Personne ne parlait fort, mais le brouhaha confus des conversations autour d'elle parvenait quand même à ses oreilles.

À un moment, elle entendit près d'elle un bruit de chaises grattant le sol et ouvrit les yeux un instant. Deux femmes prenaient place sur des transats qu'elles avaient tournés face au soleil. Belles toutes deux, elles partageaient le même goût pour les bijoux coûteux.

– Je suis ravie de t'avoir rencontrée, Judy ! Dès que mon jugement de divorce a été prononcé, j'ai pris l'avion pour venir ici. Quel plaisir de pouvoir enfin dépenser l'argent de ce rapiat sans lui en demander la permission ! Jamais il ne me donnait un sou de plus. Tout allait à ses enfants, jamais rien pour mon fils.

– Comment va-t-il, ton fils ?

– Il était à Los Angeles hier soir pendant le tremblement de terre. Quand je l'ai appris ce matin, j'ai laissé un message sur son portable pour lui dire qu'il aurait été au moins gentil de dire à sa mère s'il allait bien.

– Mon fils est comme cela lui aussi ! répondit l'autre en riant. Il est parti en Europe l'été dernier. Crois-tu qu'il m'aurait appelée pour me dire comment il allait ? Rien. De temps en temps, je reçois un e-mail d'une phrase. Il aurait maintenant une petite amie, alors j'espère qu'il se stabilisera un peu plus. Ton fils voit-il quelqu'un, ces temps-ci ?

– Il a vaguement parlé d'une actrice. Je ne sais rien de plus...

Nora eut envie de lever la main en disant : « Ma fille était elle aussi à Los Angeles, pendant le tremblement de terre. » Mais la torpeur l'emporta et elle se sentit glisser dans le sommeil. Quand elle se réveilla, les deux femmes étaient parties.

35

Quand elle gara sa voiture dans le parking de l'immeuble médical de Beverly Hills où elle travaillait, Gloria était encore plus contrariée qu'avant. Elle s'efforçait de se rappeler si elle avait vu la veille quelque chose d'inhabituel, mais elle ne pouvait penser qu'à ces deux policiers. J'ai l'impression qu'ils n'aimeraient rien de plus que m'envoyer à la chaise électrique, se disait-elle.

J'aurai au moins d'autres choses en tête pour les heures qui viennent, se consola-t-elle dans l'ascenseur qui l'emmenait du parking au cabinet du Dr. James Cleary, dermatologue des stars. Ça va me permettre de m'évader de la folie qui règne à la maison.

Cruelle erreur !…

– Gloria ! Vous êtes venue ? s'exclama Nicole en la voyant franchir la porte. Vous allez bien ?

Nicole était l'une des élégantes jeunes femmes d'une vingtaine d'années employées par le cabinet. Gloria et elle répondaient au téléphone.

– J'ai vécu des jours meilleurs.

– Tara vient de voir ça ! dit Nicole en brandissant le journal. On dit que c'est vous qui avez découvert le cadavre de votre voisin. Grands dieux ! Nous ne pensions pas que vous viendriez travailler aujourd'hui.

– C'était horrible, dit Gloria en accrochant son manteau à une patère. Mais je n'avais absolument aucune envie de rester chez moi à ressasser tout ce qui s'est passé.

Plutôt laconique de nature, le Dr. Cleary manifesta sa sympathie.

– Si je peux vous aider en quoi que ce soit, Gloria, dit-il avec gravité en lui tapotant le bras.

– Pourquoi pas un traitement gratuit au Botox ?

Le Dr. Cleary fit semblant de rire.

– Je suis heureux de voir que vous ne perdez pas votre sens de l'humour, marmonna-t-il avant de disparaître dans son bureau au fond du couloir.

Je suppose que ça veut dire non, pensa Gloria. Prête pour la routine quotidienne, elle contourna le bureau et s'assit à sa place. Mais des flashes de la scène retraçant la découverte du corps de Nicky repassaient dans sa tête. Qu'est-ce qui aurait pu retenir mon attention ? se demandait-elle. Quel truc inhabituel aurait pu me frapper ?

Les téléphones qui commençaient à sonner l'arrachèrent à ses réflexions.

– J'ai besoin de Botox, déclara une dame.

Et moi donc, pensa Gloria en lui donnant un rendez-vous.

Une autre se montra hésitante :

– Je voudrais essayer le Restylane pour mes rides. Est-ce que c'est vraiment efficace ?

– Le Restylane fait merveille. Il restaure le volume du visage et lisse la peau. Le Dr. Cleary est un génie, récita par cœur Gloria. Voulez-vous un rendez-vous ?

– Je suis un peu anxieuse. Certaines personnes n'en font-elles pas trop dans ce genre de choses ? Je regardais un magazine sur les célébrités et…

– Ces personnes-là ne sont pas venues à notre cabinet, l'interrompit Gloria. Rappelez-nous quand vous serez prête pour le traitement.

Gloria avait à peine raccroché que le téléphone sonna de nouveau.

– Bonjour. Je suis Stella Gardner, entendit-elle.

– En quoi puis-je vous être utile, Ms. Gardner.

– J'ai un bouton qui a poussé cette nuit. Je peux déjà dire qu'il va empirer. J'ai besoin d'un traitement le plus tôt possible. Pouvez-vous me donner un rendez-vous aujourd'hui ?

– Je regrette, Ms. Gardner, mais le Dr. Cleary n'a aucune possibilité avant trois semaines. Nous pourrons vous prendre le 2 février.

– Je ne peux pas attendre aussi longtemps ! Je suis dans une série télévisée et je dois reprendre le tournage vendredi !

– Quelle série ?

– *Crimes Most Passionate.*

– Une minute s'il vous plaît, je vérifie.

Gloria mit l'appel de Stella en attente et se tourna vers Nicole.

– Avez-vous entendu parler d'une Stella Gardner dans la série *Crimes Most Passionate ?*

– Je l'adore, cette série-là ! répondit Nicole avec enthousiasme. Stella Gardner est fabuleuse !

Gloria reprit la ligne :

– Ms. Gardner, nous venons d'avoir un désistement. À quelle heure pouvez-vous venir au cabinet ?

– Est-ce possible à midi ?

– Non, c'est l'heure de notre pause déjeuner. Treize heures trente vous conviendrait ?

– Parfait ! répondit Stella. Merci. Le tremblement de terre m'a tellement bouleversée que ma peau en a souffert.

Si vous saviez quelle nuit j'ai passée, moi, pensa Gloria.

– Le Dr. Cleary vous soignera. À tout à l'heure, Ms. Gardner.

– J'y serai sans faute ! déclara Stella avec fougue.

Elle doit s'imaginer que sa visite me comble de joie, se dit Gloria en raccrochant. La vision du cadavre de Nicky lui revint à l'esprit. Il faut absolument me rappeler ce que j'ai pu voir, pensa-t-elle avec un sentiment d'urgence. En rentrant tout à l'heure à la maison, je referai chacun de mes pas depuis le moment où je suis descendue hier de ma voiture. J'ai sûrement remarqué quelque chose d'inhabituel. Tout ce qu'il faut, c'est savoir ce que c'était.

La visite de Stella Gardner ne me comblera pas de joie, pensa-t-elle en rajustant le plastron ruché de sa blouse. Ce qui me ferait réellement plaisir, c'est de pouvoir remettre ces deux policiers à leur place.

Je dois y arriver. À tout prix.

36

– À ce soir. Je m'en réjouis d'avance, lâcha Dean avec effusion.

Dans le vestibule, qui faisait plus de deux fois la surface de son studio, Cody et lui prenaient congé de Pristavec et de Kicky.

– Bien sûr, bien sûr ! renchérit Pristavec d'un ton enthousiaste en assenant une énième claque dans le dos de Dean. Ce sera très amusant ! Vous savez, j'ai gagné beaucoup d'argent dans beaucoup d'affaires, mais je n'avais jamais essayé le show-biz jusqu'à présent. Je suis excité comme tout !

– Vous n'aviez jamais essayé le show-biz ? demanda Cody en souriant. Habitez-vous Los Angeles depuis longtemps ?

– Non, répondit Thomas. J'ai passé le plus clair de ma vie dans le Minnesota. Quand j'ai pris ma retraite, j'ai décidé d'aller vivre dans un endroit chaud. Et me voilà ici. J'adore ! Il n'y a rien de mieux.

Cody eut droit à une claque dans le dos qu'il rendit. Se sentant moralement obligé de participer, Dean envoya à son tour une claque dans le dos de Pristavec. On se croirait dans un film comique des années 1930 dans le genre des *Three Stooges*, pensa-t-il.

– Merci encore, dit Cody en faisant un pas vers la porte.

– Dites donc, les amis, pourquoi ne pas faire vous-mêmes la réservation pour ce soir ? suggéra Pristavec. Quand on le fait en personne, on a souvent une meilleure table. Si on graisse un peu la patte, hein ? précisa-t-il avec le geste de se frotter le pouce et l'index.

– Bien sûr, répondit Cody. Nous nous en occuperons.

Ils s'esquivèrent vers la voiture aussi vite qu'il était possible sans paraître impolis. Kicky et Thomas les suivirent du regard en faisant des grands saluts de la main. Cody agita la sienne par la portière jusqu'à ce qu'ils soient hors de vue.

– Pourquoi a-t-il fallu que tu parles du Beverly Hills Hotel, Cody ? demanda Dean quand ils s'engagèrent dans l'allée sinueuse.

– Je pensais que ça ferait bonne impression.

– Et elle exhibe ses mains à la télé ! soupira Dean. Seigneur !

– Combien sont-elles dans ce métier-là à Los Angeles ? demanda Cody. Je voudrais bien savoir si elle connaît Lois.

– Moi pas. La dernière chose dont on a besoin, c'est qu'une rumeur à ton sujet parvienne à Abigail avant qu'on ait filé d'ici.

– Pauvre Abigail ! soupira Cody. C'est son anniversaire, aujourd'hui. J'ai des scrupules. Elle me manque...

– Abstiens-toi de lui téléphoner pour lui souhaiter son anniversaire, je t'en prie, grommela Dean.

– Sois tranquille. Je devais la rembourser aujourd'hui.

– Tu plaisantes ?

– Tu le savais pourtant, non ?

– Non ! Je savais que tu lui avais emprunté de l'argent, mais j'avais mieux à faire que de noter la date à laquelle tu étais censé le lui rendre.

Ils gardèrent tous deux le silence quelques instants.

– N'oublie pas, Dean, dit Cody en lui tapotant l'épaule, ce type va nous donner cinquante mille dollars.

– C'est la seule bonne chose qui soit arrivée aujourd'hui. Je crois même que c'est la seule qui me soit arrivée depuis une éternité.

– Au fait, demanda Cody en plissant le front, comment astu fait la connaissance de Pristavec ?

– Tu ne vas pas me croire.

– Essaie quand même.

– Nous nous sommes rencontrés au cinéma, en faisant la queue au stand du pop-corn.

– Tu veux rire !

– Non. J'étais seul, lui aussi. Nous avons bavardé sur les films en général, il a pris son pop-corn et il est entré dans la salle. Je l'ai revu à la sortie et je lui ai demandé ce qu'il pensait du film. Nous l'avions tous les deux beaucoup aimé. Je lui ai donné ma carte, je lui ai parlé de notre projet. Il m'a dit tout de suite qu'il voudrait en savoir davantage et m'a demandé si nous pouvions nous revoir le lendemain au déjeuner. Et voilà. C'était juste avant que tu sois libéré de taule. Nous avons déjeuné ce jour-là, il partait le lendemain pour Aspen où il a rencontré la charmante Kicky. Je ne me doutais pas le moins du monde qu'il avait autant de fric, crois-moi.

– Ce qui prouve qu'on ne sait jamais, n'est-ce pas ? On ne sait jamais ce qui peut arriver aujourd'hui. Ni même demain.

– Si on faisait un poster pour illustrer ce genre de philosophie, c'est ton portrait qu'il faudrait y mettre, commenta Dean. Un jour à Los Angeles, en taule dans le Texas celui d'après.

– Dean, mon pote, tu me fends le cœur.

– Je me demande si tu en as un. De toute façon, c'est une bonne leçon pour nous deux. Si tu rencontres quelqu'un au cinéma, c'est qu'il aime le cinéma, d'accord ? La prochaine fois que nous aurons besoin de financer un film, nous observerons le public au Cineplex.

– Qu'est-ce qu'on va faire ce soir avec Stella ? Elle serait furieuse si elle savait que nous lui mentions sur le financement du film. Et elle voulait sortir dîner dans un endroit chic.

– Sans parler du fait d'avoir fait croire qu'elle est à New York en ce moment, ajouta Dean. C'est ta faute si nous devons aller au Polo Lounge, dans l'hôtel même où elle sera.

– Ce qui est fait est fait, rétorqua Cody. Il va falloir trouver quelque chose d'astucieux.

– Je ferai comme Scarlett O'Hara, j'y penserai plus tard, répondit Dean en jetant un coup d'œil à sa montre. Il n'est pas même onze heures. Notre prochain rendez-vous est à quatorze heures. Et ne me dis pas que tu veux retourner à l'hôtel, je refuse de t'y emmener.

– Eh bien, allons au cinéma ! dit Cody en riant. Pourquoi pas ?

– Ce n'est pas une mauvaise idée. Je ne crois pas que nous tomberons sur un investisseur potentiel, mais tu dois rester planqué. Il y a bien un bon film qui passe à Westwood. Allons-y.

37

Kaitlyn fut occupée toute la matinée, ce qui n'était pas surprenant. Après une semaine d'absence, elle avait quantité de coups de téléphone à rendre et la plupart des résidents faisaient une halte à son bureau. Si certains d'entre eux n'avaient pas été troublés par le tremblent de terre, ils reprochaient son absence à Kaitlyn.

– Vous êtes partie bien longtemps, Katie ! lui dit d'un ton accusateur une pensionnaire nommée Clara. Pourquoi ?

– J'étais allée voir mes parents et je n'ai été absente qu'à peine plus d'une semaine, répondit Kaitlyn.

– Hier, c'était lundi. Vous n'auriez pas déjà dû être revenue ?

– J'avais droit à une journée de congé supplémentaire et j'en ai profité pour faire certaines choses que j'avais en retard, expliqua Kaitlyn. Il faut bien que j'aille chez le docteur de temps en temps, moi aussi.

– Ah ! grommela Clara. Vous êtes en bonne santé ?

– Oui, très.

– Tant mieux. On se verra au loto.

Au moins, j'ai l'impression de lui avoir manqué, pensa Kaitlyn en souriant. Je devrais être contente. Que les résidents l'appellent Katie lui faisait toujours plaisir. C'était une forme d'affectueuse familiarité dont ils avaient pris d'eux-mêmes l'initiative.

La patron de Kaitlyn lui avait demandé de le rejoindre à la salle de conférences pendant la pause du déjeuner. Ils mangeraient un morceau ensemble tout en faisant le point. Patron exigeant, Oscar était cependant plus que satisfait de la manière dont Kaitlyn remplissait ses fonctions.

À midi, Kaitlyn frappa à la porte de la salle de conférences.

– Entrez ! dit Oscar.

Quadragénaire à la chevelure clairsemée, Oscar avait travaillé toute sa vie dans le domaine de la santé. À l'entrée de Kaitlyn, il se leva en souriant.

– Bonjour, lâcheuse. Votre sandwich de dinde, sauce salsa à part et un verre de votre thé glacé préféré vous attendent.

Ils s'assirent face à face au bout de la longue table.

– Merci, Oscar. Et vous, qu'avez-vous commandé ? demanda-t-elle en montrant son assiette.

– Vous me connaissez, rien de très épicé. Un simple sandwich au fromage me suffit. Bonnes vacances ?

– Excellentes, mais je suis contente d'être revenue. Nos résidents me manquent quand je ne suis loin et je dois dire que si je parais leur manquer, cela me réchauffe le cœur, dit-elle en dépliant sa serviette.

– Vous leur avez manqué. Ils vous aiment tous énormément.

Kaitlyn le remercia d'un sourire.

– J'ai quand même eu un petit problème avec Norman ce matin, dit-elle en prenant son sandwich.

– Je sais. C'est pour cela que je voulais vous parler.

Kaitlyn reposa le sandwich sur son assiette.

– Ah, oui ?

– Il est dans tous ses états. Il n'arrête pas de parler de son ami qui a été assassiné à West Hollywood et il se plaint constamment de votre amie Abigail.

Mon amie Abigail ? se dit Kaitlyn. Curieuse façon de parler d'elle après tout ce qu'elle a fait pour les résidents. Mais mieux vaut ne pas relever.

– C'est désolant, répondit-elle. Abigail a toujours été très gentille avec Norman, elle a accepté d'aller chez son ami pour lui couper les cheveux. Et maintenant, voilà ce qui arrive.

Oscar marqua une pause.

– Norman a appelé la police, Kaitlyn.

– Quoi ? s'exclama-t-elle, effarée.

– Après avoir vu le reportage sur le crime à la télévision, Norman a appelé le numéro spécial. Un inspecteur m'a contacté quelques heures plus tard. Il m'a posé des questions au sujet d'Abigail et, bien entendu, de Norman. Je lui ai dit que Norman avait des problèmes, Kaitlyn. J'espère bien que tout cela ne finira pas par nous mettre dans une situation gênante.

– Que voulez-vous dire ? Vous ne pensez quand même pas qu'Abigail…

– Je n'ai pas dit que je pensais quoi que ce soit. Je souhaite simplement qu'il n'y ait pas l'ombre d'un scandale sur notre établissement. Pas même un murmure. Comme vous le savez, les personnes âgées confiées à nos soins sont très vulnérables. Notre devoir nous impose de veiller à tout ce qui touche à leur bien-être de près ou de loin. Je reçois aujourd'hui les membres d'une famille qui désirent placer leur père dans un établissement comme le nôtre, parce qu'il se fait gruger par tout le monde, de la femme de ménage aux vendeurs qui font du porte-à-porte. S'ils entendaient la moindre allusion à un problème concernant une personne venue couper les cheveux des résidents, ils ne franchiraient jamais la porte.

Kaitlyn secoua la tête.

– Vous savez bien, Oscar, que Norman est dérangé. Lancer des accusations sans fondement est un symptôme de sa condition. Prendre au sérieux ce qu'il dit d'Abigail est profondément injuste.

– Je comprends, Kaitlyn. Mais j'ai le devoir de sauvegarder l'excellente réputation d'Orange Grove.

– Et celle de mon amie Abigail ? s'écria Kaitlyn, dont les yeux lançaient des éclairs. Vous n'y attachez pas d'importance ?

– Bien sûr que si. Mais pour être tout à fait franc, celle de la résidence d'Orange Grove compte davantage pour moi.

38

Tous les matins, Walter se levait avec le soleil et se rendait à l'épicerie du coin s'acheter un grand gobelet de café, fort et brûlant. Il allait ensuite en flânant au petit jardin public près de chez lui, s'asseyait sur un banc face à la rue et regardait le monde passer devant lui. À cette heure matinale, le monde consistait essentiellement en personnes sorties promener leurs chiens – des grands chiens, des petits toutous, parfois quatre chiens ensemble. Observer les animaux quand ils se rencontraient amusait beaucoup Walter. Ils s'excitaient aussi soudainement que s'ils étaient frappés par la foudre. Certains se mettaient à aboyer, d'autres à gémir en tirant désespérément sur leur laisse pour se rapprocher de leurs congénères.

Mais ce que préférait Walter, c'était de voir comment réagissaient les propriétaires de chiens, tous très différents les uns des autres. Ainsi, il avait été récemment témoin d'une brève conversation entre un gros dur qui promenait son boxer et une vieille dame accompagnée de son caniche nain. Vêtu d'un gilet et d'un pantalon en jean, coiffé d'un bandana, il avait les bras couverts de tatouages et des petites chaînes d'argent accrochées au nez et aux lèvres. Elle portait une robe à fleurs et des mules. Dès la moitié de la rue, le caniche avait commencé à japper avec persistance jusqu'à ce que les deux chiens finissent par s'approcher l'un de l'autre.

– Ne vous faites pas de souci, avait dit le jeune homme pendant que les animaux se reniflaient avec intérêt. Brutus est très doux.

– Je n'en dirais pas autant de Lovey, avait répondu la vieille dame d'une voix un peu chevrotante. Vous feriez mieux de vous éloigner.

– Comme vous voudrez, madame. Bonne journée.

– S'il plaît au Seigneur.

Voilà pourquoi je me lève d'aussi bonne heure, pensait souvent Walter. Après avoir bu son café, il jetait le gobelet dans une poubelle et marchait dans le quartier, une rue après l'autre, pour faire son exercice quotidien tandis que le soleil montait dans le ciel.

Le lendemain de la mort de Nicky se déroula pour lui de la même manière. Il s'était réveillé plus tôt que d'habitude, mais n'avait pas voulu sortir avant qu'il fasse jour. C'est déjà bien assez dangereux dans les parages, pensait-il. Il n'habitait qu'à trois rues de celle où Nicky avait été assassiné.

Dès que le jour se leva, Walter sortit de chez lui. Comme à l'accoutumée, il alla acheter du café et s'asseoir sur son banc habituel, mais il fut incapable de prendre plaisir à observer les passants. La mort de Nicky lui faisait une peine profonde. Savoir que Mugs allait déménager le chagrinait aussi, même si elle n'avait jamais voulu lui accorder d'attention. S'il savait pourquoi, il ne perdait cependant pas espoir. Mugs ne se consolait pas de la mort de son mari. Nicky avait eu la même réaction après son veuvage : sa femme avait été la seule personne qui ait compté pour lui et elle était morte depuis cinquante ans. Walter n'arrivait pas à imaginer que cela lui ait posé un tel problème. J'étais marié à Tulip depuis quarante ans, se disait-il, et elle s'est envolée avec le plombier venu réparer l'évier bouché ! Pour un sale coup...

Son café fini, Walter se débarrassa du gobelet et partit en direction de l'appartement de Nicky. Un camion des informations télévisées était garé devant. Des bandes de plastique jaune marquées « scène de crime » étaient tendues à travers la porte d'entrée.

Incroyable, se dit Walter. Hier je croyais être en état de choc, mais je commence à prendre vraiment conscience de la mort de Nicky. Cela paraissait tellement abstrait de voir les gens l'ayant plus ou moins connu groupés autour de chez lui. Chaque matin, quand je passais par là, j'étais content de savoir que Nicky était à l'intérieur. Maintenant, il n'y est plus. C'était un vieux ronchon, c'est certain, mais il ne méritait pas de mourir comme cela. Je me demande quand sa nièce va venir. Je me demande aussi quand la lecture du testament est prévue. Ça devrait faire des vagues...

Walter rentra chez lui préparer son petit déjeuner. À onze heures, il appela Mugs.

– Dites, Mugs, je me disais : pourquoi ne viendriez-vous pas déjeuner au club des seniors ?

– Mon amie arrive ce soir, Walter.

– Telle que je vous connais, votre appartement doit déjà être briqué à fond.

– Là, répondit Mugs en souriant, vous avez raison.

– Sérieusement, Mugs, je bats le rappel des troupes. Il faut que nous réfléchissions ensemble. Je suis convaincu que si nous nous parlons, nous finirons par retrouver quelque chose que Nicky aurait pu dire une fois, ou quelque chose que nous savons de lui et qui pourrait être utile à la police. Parce que nous devons à la mémoire de Nicky d'aider à retrouver qui lui a fait cela, Mugs.

– Vous avez raison, Walter.

– Et puis, nous nous devons à nous-mêmes d'arrêter ce criminel avant qu'il ne frappe encore une fois.

39

– C'est inconcevable, grommela Abigail pendant que Regan franchissait les collines en direction de West Hollywood. Jamais je n'aurais cru qu'il m'arriverait une chose pareille. J'ai l'impression de faire un cauchemar.

– Tout ira bien, dit Regan avec autant de conviction qu'elle s'en sentait capable. Les policiers qui mènent une enquête interrogent tout le monde, c'est leur métier.

– Mais je leur ai déjà parlé ! Je leur ai dit tout ce que je savais. C'est dingue ! Je n'ai même pas revu Nicky depuis le mois de septembre. Je suis à bout de nerfs.

– Il n'y a pas de quoi t'énerver, à moins que tu ne me caches quelque chose.

– Regan !

– Je plaisante, Abigail. Ils te convoquent uniquement pour voir si tu ne te contredis pas par rapport à tes dernières déclarations.

– Je ne leur ai dit que la vérité !

– Eh bien, tu n'auras rien d'autre à faire cette fois. Que leur as-tu dit sur ton emploi du temps d'hier ?

– Je suis partie de chez Brennan vers neuf heures et demie du matin pour aller inspecter les maisons à Malibu et à Burbank. Ensuite, je suis retournée à Laurel Canyon faire quelques courses dans la petite épicerie-bazar. Après, je suis rentrée chez Brennan et j'y suis restée jusqu'à ce qu'ils m'appellent. C'est tout, Regan. Tu vois, j'étais donc parfaitement libre d'aller commettre un crime.

– À quelle heure es-tu rentrée chez Brennan ?

– Vers treize heures.

– Et quand Nicky a-t-il été découvert ?

– Peu avant quinze heures. Il n'était pas mort depuis longtemps, ce qui n'est pas bon pour moi. Je n'ai aucune preuve que j'étais ailleurs, aucun « alibi en béton », comme ils disent.

– À quelle heure les policiers t'ont-ils appelée hier ?

– Environ dix-huit heures. Ils m'ont dit qu'ils voulaient me parler parce qu'ils avaient trouvé ma photo, sans me donner l'impression qu'il s'agissait de quelque chose de grave. Je leur ai répondu que je passerais par le commissariat. C'est seulement quand j'y suis arrivée et qu'ils ont commencé à me poser des questions que je me suis rendu compte que c'était plus sérieux que ce qu'ils m'avaient laissé entendre.

– Eh bien, vas-y et réponds de nouveau à leurs questions, Abigail. Ce qui te rend suspecte, c'est cette photo. Et alors ? Nicky était furieux contre toi, c'est tout. Ces policiers n'ont pas grand-chose à se mettre sous la dent à ton sujet.

– Il est très perturbant d'être interrogé pour un crime dans lequel on n'a rien à voir, même si certaines circonstances peuvent faire supposer qu'on avait un mobile. Comme le fait de m'être disputée avec la victime, d'avoir eu un accident, d'être sans travail et d'avoir besoin d'argent, soupira Abigail. Je ressens tout à coup beaucoup de sympathie envers tous les gens condamnés sur des preuves pareilles.

– Tu ne seras pas inculpée, voyons !

– Écoute, Regan, je vais te laisser chez Brennan. Repose-toi un moment, tu dois être fatiguée. Je reviendrai te chercher s'ils ne me jettent pas en cellule. Nous nous habillerons pour le dîner et nous irons en ville.

– Abigail...

– Je parle sérieusement. Je ne veux pas que tu sois mêlée à cette histoire. Qui sait combien de temps cela prendra ? Ils peuvent me faire lanterner. Je passerai te prendre dès que j'aurai fini.

– Je n'aime pas te laisser y aller seule.

– Je l'ai fait hier soir. Et puis, comment voudrais-tu que je te présente ? La détective privée que je charge de retrouver mon ex-petit ami qui me doit de l'argent ? dit Abigail en riant presque. Non, Regan, je ne crois pas que ce serait un argument pour ma défense. Ils pourraient même nous prendre pour des émules de Thelma et Louise.

– Tu es sûre de vouloir y aller seule ? soupira Regan.

– Oui.

– Tu ne veux pas appeler ton avocat ?

– Non ! Je suis innocente, Regan ! En plus, il me coûterait une fortune.

– Je voulais juste savoir. Bon, d'accord, dépose-moi à la maison. De toute façon, ils ne me laisseraient même pas entrer dans la pièce où ils t'interrogeront. Je vais te dire ce que je vais faire pendant ce temps : regarder sur Internet comment la presse a couvert le meurtre de Nicky. Je voudrais bien savoir ce qu'on en a dit. Nous n'avons pas lu un journal ni regardé la télévision aujourd'hui.

– Si on parle de moi, j'espère au moins qu'on épellera mon nom correctement, dit Abigail en enlevant du trousseau la clef de la porte de derrière de la maison de Brennan.

Elles remontèrent Laurel Canyon, tournèrent à droite et s'engagèrent dans l'allée sinueuse aboutissant à la maison. Regan alla jusqu'à la barrière de bois, devant laquelle elle s'arrêta.

– Je descends ici, tu n'as pas besoin de monter jusqu'en haut. Ouvre-moi la barrière et, quand je serai passée, tu n'auras qu'à reculer.

– D'accord, dit Abigail en mettant pied à terre.

Regan récupéra l'ordinateur et son sac sur la banquette arrière.

– J'espère que je ne porterai pas de pyjama rayé la prochaine fois que tu me reverras, plaisanta Abigail sans conviction tandis qu'elle composait le code de sécurité et tendait la clef à Regan.

– Tu ne porteras pas de pyjama rayé, Abigail, ce n'est pas du tout ton look. Bonne chance ! Tu seras vite revenue, j'en suis sûre. Après, nous irons directement dans le centre.

– Quelle journée !

La barrière s'ouvrit, Regan se hâta de la franchir et gravit le sentier pendant qu'elle se refermait. Ici, pensa-t-elle, on est vraiment dans un autre monde. Tout est si paisible et silencieux.

Elle traversa la plate-forme, ouvrit la porte de la cuisine. À l'intérieur, le calme et le silence régnaient. À cette heure de la journée, l'absence de lumière solaire directe conférait à la bâtisse de bois une atmosphère apaisante et relaxante. Bon endroit pour se faire masser, pensa Regan. On tire la table au milieu du living et on n'a même pas besoin de baisser les lumières.

Regan ferma la porte à clef, posa son sac et son ordinateur sur la table de la cuisine. Je suis fatiguée, s'avoua-t-elle.

J'aimerais bien m'étendre quelques minutes sur le lit, mais je vais d'abord regarder la presse sur Internet.

Un bruit de craquement la figea sur placer. Qu'est ce que c'était ? Un léger bruissement suivit et Regan se retourna, regarda. Un oiseau se posait sur l'appui de la fenêtre au-dessus de l'évier. Ah, bon, se dit-elle. J'ai trop pris l'habitude de vivre à New York où ce n'est jamais aussi calme. Penser à New York lui donna soudain l'envie d'entendre la voix de Jack. Elle sortit son téléphone de sa poche, appela le numéro. La messagerie vocale répondit. Il est sans doute en réunion, pensa-t-elle en lui laissant un message. Il me manque, bien sûr, mais pourquoi ai-je ce besoin de lui parler tout de suite ? se demanda-t-elle, étonnée.

Un deuxième oiseau se posa sur l'appui de la fenêtre. Regan sourit et se retourna vers la table. Allez, se dit-elle en faisant glisser la fermeture de la housse, voyons ce que la presse a écrit sur le meurtre de Nicolas Tendril.

40

Dans un charmant village du midi de la France, Brennan était au restaurant pour dîner avec toute l'équipe du film lorsque son téléphone sonna. C'était son avocat.

– Désolé de vous déranger, Brennan, mais je sais que vous vouliez être tenu au courant.

– À quel sujet ? demanda Brennan, qui se couvrit l'oreille gauche pour tenter de s'isoler du bruit des conversations autour de lui.

– La femme qui se prétend votre épouse est sortie de prison.

– Oh, non !

– Oh, si. Ses avocats étaient tenus de nous informer de la date de sa libération. Je viens d'apprendre qu'elle est sortie hier. Elle n'avait été condamnée qu'à six mois de prison pour son dernier cambriolage.

Brennan se leva et alla s'isoler dans un coin de la salle.

– Cette femme est dangereuse, croyez-moi ! Son esprit va basculer un jour ou l'autre et elle mettra réellement la vie de quelqu'un en danger. Quand je l'ai vue arriver l'année dernière, au Nouveau-Mexique, j'ai été terrorisé.

– Votre maison est-elle équipée d'un système d'alarme ?

– Non… J'ai une sécurité à la barrière…

– Vous devriez faire installer une alarme.

– Elle n'est jamais allée chez moi, autant que je sache. Elle inondait mon agent de lettres… elle envoyait des e-mails… elle faisait irruption dans les studios. Elle piquait des crises quand on ne voulait pas la laisser entrer.

– En ce moment, au moins, vous tournez en France.

– Oui, mais j'ai confié ma maison à quelqu'un qui y couche.

– Vous feriez bien de le prévenir.

– *La* prévenir.

– C'est une femme ?

– Oui. C'était la coiffeuse de mon dernier film.

– À votre place, je l'appellerais tout de suite. Vous devriez même lui dire de faire installer une alarme sans tarder. Votre prétendue femme est si jalouse qu'elle considérerait peut-être cette personne comme une rivale.

– Merci, je l'appelle immédiatement.

Brennan raccrocha et appela le portable d'Abigail, mais il tomba sur le répondeur et ne put laisser qu'un message.

Le réalisateur le héla :

– Eh, Brennan, viens vite, le dîner attend !

– J'arrive !

Il envisagea de téléphoner d'abord chez lui, mais se ravisa. Si Abigail n'avait pas de problèmes, elle consulterait ses messages et le rappellerait. Elle devait donc être sortie. Si elle ne répond pas d'ici une heure, je la rappellerai.

Brennan se hâta de reprendre place à la table, où le patron et sa femme servaient leurs spécialités maison. La pensée d'appeler sans tarder chez lui revenait avec insistance dans son esprit. Mais les plats continuaient à affluer et il était coincé au milieu de la tablée. Le patron disait que sa femme et lui avaient fait la cuisine toute la journée en leur honneur. Il serait impoli de se lever de table encore une fois. Tout ira bien, se dit Brennan. Mais je rappellerai Abigail dès que nous aurons fini de dîner.

41

En arrivant au commissariat de police, Abigail décida de ne plus se sentir coupable. Regan a raison, se dit-elle, je n'ai rien à craindre. Je dois me montrer sûre de moi. Quand elle rejoignit les inspecteurs Vormbrock et Nelson dans une pièce isolée, elle fut certaine que le grand miroir sur un mur était une de ces glaces sans tain comme on en voyait à la télévision. Y a-t-il des suspects qui ne l'ont pas encore compris ? se demanda-t-elle. Il suffit de regarder quelques épisodes pour savoir que le miroir n'est pas destiné à se pomponner.

– Nous voulions juste vous poser quelques autres questions, Abigail, commença Vormbrock en croisant les mains.

Son abord amical ne prend pas avec moi, pensa-t-elle.

– Diriez-vous qu'il existait des ressentiments entre Nicolas Tendril et vous ? enchaîna-t-il.

– De mon côté, aucun. Dès que je me suis rendu compte…

Les inspecteurs attendirent la suite.

– Rendu compte de quoi ? demanda Nelson.

Abigail hésita avant de leur dire la seule chose qu'elle avait omis de dire la veille

– J'ai cessé de couper les cheveux de Nicky quand je me suis rendu compte du montant de sa fortune. La dernière fois que je suis allée chez lui, j'ai vu un relevé de banque qu'il avait laissé sur le comptoir de la cuisine. Il avait plus d'un million de dollars en argent liquide. Imaginez ma stupeur. Je le coiffais gratuitement parce que je croyais qu'il avait des revenus limités. Alors, je lui ai dit que j'étais très occupée, que j'avais besoin de travailler pour payer mes factures et que je n'aurais sans doute plus le temps de venir. Je lui donnais l'occasion de m'offrir de me payer, il n'a pas saisi la perche que je lui tendais.

– Vous ne nous l'aviez pas dit hier.

– J'en avais un peu honte. Je pensais que cela ferait mauvais effet d'avouer avoir regardé un document personnel, mais ce relevé était là, je l'ai vu malgré moi. Laissez-moi vous rappeler que tout a commencé parce que je donnais bénévolement mon temps aux personnes âgées pensionnaires de la résidence d'Orange Grove pour leur couper les cheveux. Vous pouvez les appeler. Un des résidents m'avait demandé si je voulais bien aller chez son ami Nicky pour lui couper les cheveux. Et voilà ce que je récolte pour avoir voulu être une personne généreuse ! dit-elle avec un éclair de colère dans le regard.

Les inspecteurs gardèrent le silence un instant.

– Avez-vous dit à quelqu'un que Nicky Tendril avait une grosse somme d'argent à la banque ?

– Oui, à mes amis et à ma famille. C'est le genre de choses qu'on dit à ses proches.

– Avez-vous un fiancé, un bon ami ?

– Non, mais j'en avais un à ce moment-là.

– Il savait donc que Tendril avait de l'argent ?

– Oui.

– Où est-il maintenant ?

– Bonne question. Il s'est envolé, juste après que je lui eus prêté cent mille dollars.

Les paroles d'Abigail parurent rester suspendues dans l'air.

– Vous avez eu votre part de problèmes, ces derniers temps.

– Vous croyez ? Aujourd'hui, c'est mon anniversaire. Je suis née un vendredi 13. C'est comme cela depuis ma naissance.

Nelson signifia d'un hochement de tête qu'il comprenait.

– Que fait votre ex-bon ami dans la vie ?

– Son partenaire et lui essaient de produire un film. Ils en ont écrit le scénario et comptent le réaliser ensemble. Je n'en connais même pas le titre.

– Il serait donc le genre de personne à rechercher de l'argent, observa Vormbrock.

– Il en cherchait déjà la dernière fois que je l'ai vu. Et j'ai été assez idiote pour lui en donner.

– Pouvons-nous savoir comment il s'appelle ?

– Cody Castle. Son partenaire s'appelle Dean, je ne connais pas son nom de famille.

– Et vous ignorez où Castle se trouve en ce moment ?

– Aucune idée. Mais une de mes amies l'a repéré dimanche soir dans le centre de Los Angeles.

– Merci d'être venue, Ms. Feeney, dit Vormbrock. Nous vous rappellerons si nous avons encore besoin de vous. Avez-vous l'intention de vous absenter ?

– Non. Et rendez-moi service, voulez-vous ? Si vous trouvez Cody Castle, prévenez-moi. Je veux récupérer mon argent.

AU VOLEUR !

En sortant du commissariat, Abigail ralluma son portable et entendit le message de Brennan. Seigneur ! pensa-t-elle. Une folle surveillerait la maison ? Ce matin, quand j'étais assise dehors, j'avais une impression bizarre… Serait-ce possible ? Elle s'empressa d'appeler le portable de Regan. Il n'y eut pas réponse.

42

En parcourant Internet, Regan ne trouva sur le meurtre de Nicolas Tendril qu'un bref article qui ne jetait aucune lumière nouvelle sur le sujet. Elle consulta ensuite ses e-mails et les autres nouvelles du jour. J'espère qu'Abigail reviendra bientôt, pensait-elle. Nous devons aller chercher sa grand-mère à dix-sept heures et il est déjà midi et demie. Je tiens à aller en ville me renseigner sur Cody dans le quartier où on l'a vu. Parce qu'une fois la grand-mère arrivée, nos paris ne tiendront plus. Abigail réussira peut-être à la faire attendre un jour ou deux, mais, si nous n'avons pas localisé Cody d'ici là, elle devra lui avouer que l'argent s'est envolé.

Qu'est-il arrivé à ce livreur de matelas ? se demanda Regan. Je vais essayer de faire une petite sieste jusqu'au retour d'Abigail. Elle se leva, alla au bout du couloir jusqu'à sa chambre. Et s'arrêta net avec un cri de stupeur en arrivant à la porte.

Le regard fou, une femme jeune et d'allure robuste, avec des cheveux longs et un jean maculé de taches, était assise sur le lit. Elle bondit vers Regan en brandissant un couteau de boucher. Elle devait mesurer au moins un mètre quatre-vingts.

En un éclair, Regan agrippa la poignée de la porte et la tira de toutes ses forces. Elle entendit le raclement de la lame sur le bois pendant que la porte se refermait.

– Qu'est-ce que vous faites chez moi ? hurla la femme. Cette maison est à moi ! Je vais vous tuer !

Regan se cramponna à la poignée tandis que la folle tirait de son côté pour ouvrir la porte. Celle-ci claqua un instant d'un côté et de l'autre, mais Regan s'appuya d'un pied contre le mur pour affermir sa prise et tirer vers elle avec toutes ses forces. Qu'est-ce que je peux faire ? se demanda-t-elle. Je pourrais essayer de courir jusqu'à la barrière, mais elle est fermée électriquement et je ne sais pas par quel autre moyen sortir de la propriété.

Le téléphone de Regan sonna tandis que la folle poussait des cris de rage dans la chambre. Serait-ce Jack qui me rappelle ? se demanda-t-elle. Oh, Jack !... Quelques secondes plus tard, le téléphone de la maison sonna à son tour. Dans le haut-parleur du répondeur, Regan entendit la voix affolée d'Abigail : « Regan, es-tu là ? Décroche, je t'en supplie, décroche ! »

La folle lançait en hurlant des coups de couteau dans la porte. Le bois était épais, la lame ne la traversait pas encore. Merci, Brennan, pensa Regan. Mais elle s'épuisait à retenir la porte pour l'empêcher de s'ouvrir. Je ne sais pas combien de temps je peux tenir comme cela. Cette femme est forte comme un bœuf.

– Reviens vite, Abigail, murmura Regan. Je t'en prie, dépêche-toi.

43

Oh, mon Dieu ! se répétait Abigail. Elle appela le portable de Regan, le téléphone fixe de la maison. Encore le portable, encore le fixe. Toujours sans réponse. Pourquoi cet idiot de Brennan ne m'a-t-il pas prévenue qu'il était harcelé par une folle ? Pourquoi ? Regan a peut-être décidé de prendre une douche. Se serait-elle endormie si profondément qu'elle n'entend pas le téléphone sonner ?

Abigail n'y crut pas une seconde.

Il était arrivé quelque chose.

Elle rentra en courant au commissariat. Nelson et Vormbrock parlaient, debout à côté d'un bureau. Abigail se précipita vers eux. Elle était à peine capable d'articuler.

– Vous savez que je surveille une maison… L'acteur qui en est le propriétaire vient de m'appeler. Il est harcelé par une folle qui vient de sortir de prison. Mon amie est à la maison en ce moment. Elle ne répond pas au téléphone. Aidez-moi, je vous en supplie ! Il y a tellement de circulation. Il me faudrait trop longtemps pour y arriver…

– Votre amie est peut-être sortie, suggéra Nelson.

– Non, répondit Abigail en secouant la tête. Elle n'a pas de voiture. La maison est sur une colline, elle ne pourrait pas sortir se promener. Je vous en prie, aidez-moi ! cria-t-elle.

– Y a-t-il une voiture de patrouille dehors ? aboya Nelson.

– Oui, monsieur l'inspecteur.

– Allons-y !

– Merci, merci ! s'écria Abigail en les suivant vers la porte.

Ils sautèrent tout trois dans la voiture de police. Nelson s'assit à l'avant à côté de l'agent qui conduisait, Abigail et Vormbrock prirent place à l'arrière.

– Direction Laurel Canyon, ordonna Nelson.

Le conducteur alluma la sirène et le gyrophare et sortit en trombe du parking du commissariat.

Abigail était hors d'elle.

– Pourquoi ne pas m'avoir dit qu'une folle le harcelait ? Pourquoi ? Je lui avais dit que je voulais bien garder sa maison. C'est lui qui me l'avait proposé. Je n'aurais jamais dû y laisser mon amie seule... Jamais.... Jamais....

– Calmez-vous, dit Vormbrock avec gentillesse. Espérons que ce n'est qu'une fausse alerte.

Abigail continuait d'appeler les deux numéros. Toujours pas de réponse.

– Il se passe quelque chose de grave, j'en suis sûre ! s'écria-t-elle.

Ils arrivèrent dans l'allée de Brennan et s'arrêtèrent à la barrière. Abigail indiqua au conducteur le numéro de code.

– Allons, plus vite ! cria-t-elle à la barrière qui s'ouvrait trop lentement à son goût.

La voiture s'engouffra dans l'ouverture. Ils sautèrent tous à terre.

– Passons par la porte de derrière ! cria Abigail.

Ils gravirent le sentier en courant, traversèrent la plateforme. La porte était fermée à clef. Abigail tambourina dessus.

Elle entendit Regan hurler :

– Abigail ! Vite !

– La folle est là ! dit Abigail.

Vormbrock et l'agent enfoncèrent la porte à coups de pied. Dans le couloir, les bras de Regan étaient sur le point de lâcher prise. Elle avertit les policiers :

– Elle a un couteau !

Vormbrock posa la main sur la poignée de la porte par-dessus celle de Regan.

– Je la tiens.

Regan avait l'impression que ses bras allaient se détacher de son corps. Elle lâcha la poignée et s'écarta pour laisser passer Vormbrock.

– Oh, Regan !

Avec un sanglot, Abigail la prit dans ses bras.

– Police ! cria Vormbrock. Lâchez ce couteau et glissez la lame sous la porte !

– Sortez de chez moi !

– Obéissez ! Tout de suite ! ordonna Vormbrock.

– Cette maison est à moi !

– Lâchez ce couteau immédiatement !

– Quand Brennan va-t-il rentrer ?

– Plus tard, répondit Vormbrock en levant les yeux au ciel. Maintenant, lâchez le couteau.

La femme poussa un cri de bête. La pointe de la lame apparut sous la porte. L'arme au poing, Vormbrock repoussa le battant. L'agent et lui bondirent dans la chambre et menottèrent la démente en un clin d'œil. Regan et Abigail assistèrent au départ sous bonne escorte de la femme échevelée qui continuait d'appeler Brennan à tue-tête.

– Regan, ça va ? demanda Abigail, haletante.

– Je devais me muscler les bras, je sais, mais c'était un peu beaucoup pour une première fois.

Elles se rendirent au living.

– Laisse-moi t'apporter un verre d'eau, dit Abigail.

Elle courut à la cuisine et revint avec un grand verre qu'elle tendit à Regan.

– Je suis désolée, Regan, dit-elle en s'essuyant les yeux. Désolée.

– Voyons, Abigail, qu'est-ce que je t'ai dit ? Il ne faut pas pleurer le jour de son anniversaire.

Abigail pouffa de rire entre ses larmes :

– Je sais, Regan.

– Mais tu aurais pu te faire tuer. Je suis contente que ce soit moi et pas toi qui étais seule ici. Ton bras ne t'aurait pas été d'un grand secours. Au fait, le livreur de matelas t'a rappelée ?

– Qu'est-ce que tu crois ?

– Je crois que non.

Les inspecteurs pénétrèrent à leur tour dans le living.

– Voulez-vous aller à l'hôpital ? demanda Nelson à Regan.

– Non, je n'ai rien. De toute façon, Abigail et moi avons devant nous un après-midi chargé. Ta grand-mère arrivera avant que tu ne t'en rendes compte, dit-elle à Abigail. Et tu sais ce que cela veut dire. Nous devons partir le plus tôt possible.

– Ma voiture est restée au commissariat.

– Quand vous serez prête, dit Vormbrock, nous vous y déposerons.

44

Stella Gardner franchit la porte du cabinet du Dr. Cleary à treize heures trente précises. Elle portait une tenue décontractée mais elle était toujours aussi ravissante. Tara l'accueillit.

– Avez-vous une adresse à Los Angeles ? lui demanda-t-elle.

– Je suis descendue au Beverly Hills Hotel.

– Bien. Pouvez-vous remplir ce questionnaire, s'il vous plaît ?

– Bien sûr.

Elle prit le document et alla s'asseoir dans la salle d'attente.

Elle est vraiment belle fille, pensa Gloria. On ne voit pourtant pas l'ombre d'une rougeur sur sa figure. Elle gaspille son argent. Avec ce que va lui faire payer le Dr. Cleary, elle pourrait s'acheter un camion de lotion à la calamine, le bon vieux remède contre les boutons.

Les téléphones étaient silencieux. Nicole s'adressa à Stella :

– J'adore votre série. Vous jouez merveilleusement bien.

– Merci beaucoup.

– Pourra-t-on vous voir bientôt dans autre chose ?

– Oui. De fait, je serai dans un court métrage dont le tournage commence la semaine prochaine dans le Vermont.

– J'ai hâte de le voir ! s'exclama Nicole avec enthousiasme. Quel est son titre ?

– Il n'en a pas encore, mais le scénario est remarquable.

– J'irai sûrement le voir quand il sortira.

Gloria écoutait à moitié. Son esprit revenait toujours au meurtre de Nicky. Ce jour-là, elle devait rester jusqu'à dix-sept heures. Pourquoi faut-il que ce ne soit pas un des jours où je finis de bonne heure ? pensait-elle, frustrée de ne pas pouvoir rentrer chez elle plus tôt. Elle avait le pressentiment qu'elle trouverait bientôt l'indice permettant de mener jusqu'au meurtrier de Nicky.

45

Walter avait réussi à faire venir vingt-deux personnes au club des seniors pour parler de Nicky. Il n'était pas peu fier de lui.

– Silence, s'il vous plaît ! dit-il au groupe. Silence ! D'abord, merci d'être venus malgré un préavis aussi court. Je vous ai réunis à cause de notre ami Nicky Tendril. Il y a un criminel quelque part par ici, dit-il en montrant la fenêtre d'un geste dramatique après avoir marqué une pause. Un criminel qui nous a pris notre ami Nicky. Nous avons le devoir d'aider la police à retrouver la personne qui l'a fait.

– La personne ou les personnes ? intervint Hilda. Le plus souvent, ces gens-là opèrent par deux.

Mugs se retint de pousser un grognement. Celle-là, pensa-t-elle, elle se prend pour Sherlock Holmes.

– Qu'il y ait eu un, deux ou vingt criminels, nous voulons les attraper, déclara Walter avec véhémence. Et maintenant, l'un d'entre vous se rappellerait-il si Nicky a jamais montré une inquiétude quelconque ? À n'importe quel sujet ?

Tout le monde secoua la tête négativement.

– Vous savez comment était Nicky, répondit un homme. Il était cachottier et solitaire.

– Je crois qu'il a commencé à changer après sa dernière crise cardiaque, avança Estelle Hart. Il me paraissait un peu plus sociable.

– Je ne l'ai pas remarqué, moi, grommela un homme.

– Qu'il ait été ou non l'homme le plus amical du monde, il ne méritait pas de mourir comme cela. Il avait un bon fond et nous devons découvrir si quelqu'un voulait le tuer. La police saura probablement si on lui a volé de l'argent, mais elle ne parle pas beaucoup pour le moment. Nicky avait mis beaucoup plus d'argent de côté qu'on aurait pu s'en douter, les informa Walter.

– Qu'est-ce qu'il attendait pour le dépenser ? demanda Hilda.

– Bonne question. Il n'avait même pas de femme de ménage, répondit Walter.

– Si, il en avait une, protesta Estelle.

– Comment le savez-vous ?

– Quand il a gagné au loto, il y a quelques semaines, il m'a dit en plaisantant qu'il pouvait maintenant se permettre de payer sa femme de ménage. Je lui ai dit qu'elle ne devait pas lui coûter cher, parce qu'il n'avait gagné que quelques dollars. Alors, il m'a répondu en riant qu'elle ne venait que quelques fois dans le mois.

– Vous me surprenez, dit Walter en se grattant le menton. Quand j'allais chez lui regarder un match à la télé, il me disait qu'il était épuisé d'avoir fait le ménage.

– En tout cas, intervint Estelle, je peux citer une chose pour laquelle il dépensait son argent. Pour honorer la mémoire de sa femme. Il n'avait pas cessé de la regretter, c'est pour cela qu'il était si grincheux. Il ne s'était jamais remis de son décès prématuré. Pas plus tard que la semaine dernière, Nicky me disait qu'il mettait une douzaine de roses sur sa tombe tous les dimanches.

– Je ne l'ai jamais su, dit tristement Walter.

– Elle est enterrée au cimetière de Pearly Gates, dans la Vallée. Il allait sur la tombe de Tootsie tous les dimanches, qu'il pleuve ou qu'il fasse soleil, déclara Estelle.

– Tootsie ? demanda une femme d'un ton dédaigneux. Où était-elle allée chercher un nom pareil ?

– C'était le diminutif que lui donnait Nicky. Si elle n'était pas morte, Nicky aurait été bien plus heureux et bien plus sociable. Il me disait qu'ils s'amusaient toujours beaucoup ensemble.

– Quel était le vrai nom de Tootsie ?

– Abigail.

46

Lonnie avait un mal de crâne effroyable. Faire l'effort de prendre les commandes et de servir les clients était un cauchemar. Il se serait fait porter malade s'il n'avait pas su que cela ferait mauvais effet auprès son patron. Surtout parce qu'il ne s'était réveillé dans la baignoire que vingt minutes avant l'heure à laquelle il devait prendre son service au restaurant. Il aurait été impossible de lui trouver un remplaçant en si peu de temps.

À chaque fois qu'il devait entrer à la cuisine, Lonnie croyait se trouver mal. Les odeurs mélangées des plats lui soulevaient le cœur et il y faisait une chaleur étouffante. Il n'aurait voulu qu'aller se coucher et boire du *ginger ale* bien frais.

J'expie mes péchés, se disait-il. Sans compter celui d'avoir volé cette sacoche noire Dieu sait où. Il en éprouvait vraiment des remords. Ce qui n'arrangeait rien, c'était d'entendre aux tables les gens parler joyeusement de tel film ou de tel scénario. Tout le monde à Los Angeles paraissait avoir un projet en cours. Cela le faisait penser à Dean-je-ne-sais-qui, le pauvre bougre qui suppliait qu'on lui rende son agenda. Comment réagissait-il à la perte de tous ses papiers ?

Il faut que m'arrange pour lui rendre sa sacoche, ne serait-ce que pour l'état de mon karma dans l'univers, pensait Lonnie. Je ne veux pas être frappé par le mauvais sort. Je finis mon service à cinq heures. Quand il fera nuit, j'irai déposer la sacoche près du commissariat.

Avec un peu de veine, personne ne me verra.

47

Le film que Dean et Cody allèrent voir était un navet qui durait deux heures et demie. Ils s'étaient plusieurs fois murmuré à l'oreille qu'ils feraient mieux de partir, avant de finalement décider de rester boire le calice jusqu'à la lie, ne serait-ce que pour voir comment l'intrigue se dénouait. Quand ils sortirent du cinéma, ils avaient vraiment l'impression d'avoir bu la lie : il n'y avait pas de fin, l'intrigue restait en suspens. Ils se sentaient tous deux angoissés, déprimés et énervés. Le film ne les avait pas distraits comme ils l'espéraient des problèmes auxquels ils faisaient face.

Cody s'inquiétait de laisser aussi longtemps Stella seule, Dean pensait sans arrêt à sa sacoche noire disparue. Elle contenait tant de papiers qu'il ne pourrait jamais remplacer !

– Le problème de ce film, dit Dean en démarrant, c'est que le scénario ne vaut rien. Le nôtre est impeccable.

– Tu n'as pas encore retrouvé ta sacoche ? demanda Cody qui consultait ses messages.

– Bien sûr que non ! Tu crois que je ne te l'aurais pas dit sinon ?

– Si, bien sûr… Oh, la barbe ! Stella n'a pas l'air contente.

– Si elle était venue voir ce film avec nous, elle serait

furieuse. J'ai entendu dire qu'ils avaient dépensé quatre-vingts millions de dollars pour cette saloperie ! Je voudrais bien savoir qui les a financés pour qu'on leur envoie notre scénario. On n'en demande pas autant, nous. Ils devraient nous donner du fric par poignées !

Cody écoutait encore ses messages.

– Stella dit qu'elle espère qu'on a trouvé un endroit bien pour dîner ce soir.

– Dis-lui que tu veux dîner tard. Ça fait très européen.

– Où va-t-on maintenant ?

– Chez Wendy de Wilshire.

– Qui ça ?

– C'est notre dernier investisseur de la journée. Elle habite un appartement dans un des immeubles de luxe du Wilshire Corridor, tu sais, la partie du boulevard entre Beverly Hills et Westwood. Elle se fait appeler comme ça parce quelle croit que c'est chic.

Cody avait clairement la tête ailleurs.

– Je ferais mieux de rappeler Stella, dit-il.

Il composa le numéro du portable de la jeune femme.

– Bonjour, chérie… On n'a pas arrêté de courir… Je sais, mais nous étions débordés… Tu es chez le médecin ?… Tu devrais peut-être te reposer ce soir… Bon, d'accord… Je me disais seulement que si tu ne sentais assez en forme pour sortir, après le tremblement de terre et… Je te promets d'être de retour à quatre heures au plus tard.

Il raccrocha en soupirant.

– Stella est allée chez le médecin ? s'enquit Dean, soudain inquiet. Qu'est-ce qu'elle a ?

– Un bouton sur le menton.

Dean leva les yeux au ciel.

Wendy de Wilshire fut ravie de les voir et, bien entendu, de faire la connaissance de Cody. Blonde d'une quarantaine d'années, belle et séduisante, elle portait une jupe en tissu imprimé de rayures de tigre assorti à son canapé. Les deux compères réussirent sans trop de mal à lui faire donner ses vingt-cinq mille dollars et refusèrent poliment son invitation à revenir dîner.

– Nous viendrons dîner dès que nous serons de retour du Vermont, promit Dean au moment de se retirer. Nous avons tant à faire en ce moment que nous ne savons même pas quand nous aurons le temps de manger. Nous devons rentrer chez nous travailler, téléphoner…

– Je pense aller skier dans le Vermont la semaine prochaine, ronronna Wendy en pianotant sur la porte de ses longs ongles au vernis tigré. Je pourrais peut-être assister au tournage ?

– Bien sûr. Nous commençons lundi prochain. Prévenez-nous d'abord, s'empressa de dire Dean.

Dans la voiture, Dean jeta son cartable sur la banquette arrière.

– Nous aurons plus de visiteurs sur le tournage que de membres de l'équipe. Est-ce que nos investisseurs se rendent compte que nous sommes des artistes qui veulent qu'on les laisse faire leur travail tranquillement ?

– Probable que non.

– Je suis crevé, je voudrais pouvoir rentrer chez moi et dormir. Pourquoi faut-il qu'on ait ce dîner ce soir ? Pourquoi Pristavec ne nous a pas simplement donné son chèque ?

– Viens au bungalow, dit Cody. Tu pourras faire la sieste sur le canapé.

– Et déranger les tourtereaux ? dit Dean d'un ton sarcastique. Je n'y tiens pas. En plus, je préfère ne pas être là quand tu annonceras à Stella que tu ne dînes pas avec elle. J'ai subi assez de drames.

Cody se prit la tête entre les mains.

– Qu'est-ce que je vais lui dire, Dean ?

– C'est ton problème. Le mien est de trouver où je peux me reposer. Ce serait stupide de retourner à Malibu, il y a trop de circulation. Je ferai probablement la sieste dans la voiture.

Quand Dean arriva finalement au Beverly Hills Hotel, Cody se tourna vers lui :

– Ne fais pas l'idiot, Dean. Viens au bungalow.

– Non. J'ai besoin d'être seul un moment pour me détendre.

– Mais si, viens, plaida Cody. L'explication passera mieux si nous disons tous les deux à Stella que nous avons encore une réunion.

– Désolé, Cody, mais je veux rester seul. Je vais me garer quelque part et faire la sieste. Appelle-moi en cas de besoin. Sinon, je te retrouverai au Polo Lounge à dix-neuf heures trente. Va t'occuper de la réservation.

Cody mit pied à terre. Un groom l'accueillit devant l'entrée.

– Content de vous revoir, monsieur.

Dean retourna à West Hollywood et trouva une place de stationnement dans la rue où il avait perdu sa sacoche. Il ferma sa voiture de l'intérieur, abaissa le dossier de son siège et ferma les yeux. Il était plongé dans un profond sommeil quand Lonnie passa près de lui. Sur le chemin de sa maison, il s'efforçait toujours de trouver un moyen de se débarrasser de la sacoche noire de Dean-je-ne-sais-qui.

48

– Tu veux encore aller en ville après ce qui est arrivé ce matin, Regan ? Je ne peux pas le croire ! dit Abigail quand elles montèrent dans sa voiture au commissariat de police.

C'était maintenant Abigail qui conduisait. Les bras de Regan étaient encore douloureux et elle ne se fiait pas à ses muscles pour tenir quoi que ce soit, encore moins le volant d'une voiture.

– Je ne veux pas rester sans rien faire, répondit Regan. Il faut retrouver Cody. C'est pour cela que je suis venue à Los Angeles.

– Ton voyage vaut déjà largement ta peine, Regan, tu m'as sauvé la vie ! Si j'avais été seule chez Brennan quand cette bête sauvage s'est manifestée, je serais sans doute morte.

– Pour une amie, c'est la moindre des choses, répondit Regan qui se massait délicatement les bras.

– Attends un peu que je parle à Brennan ! dit Abigail en brandissant le poing.

– Attendons d'abord d'entendre sa version de l'histoire.

– Histoire ou pas, je lui en veux ! Il ne m'a même pas rappelée !

– Il le fera. Il est tard en France à cette heure-ci, il dort peut-être déjà. Mais n'oublie pas, Abigail, de voir le bon côté des choses. Ces policiers et toi êtes en bien meilleurs termes.

– Au moins, ils ont pu constater par eux-mêmes qu'il m'arrive des catastrophes dont je ne suis en rien responsable. Est-ce moi qui ai demandé de surveiller sa maison à un acteur harcelé par une folle furieuse ?

– J'ai la nette impression que Vormbrock et Nelson ont autant envie que nous de retrouver Cody.

– C'est impossible. Mais Cody devrait remercier sa bonne étoile s'ils le trouvent avant moi. Parce que quand je le verrai, je compte le mettre en pièces de mes propres mains.

– Je crois avoir une petite idée de ce qu'on éprouve, commenta Regan en continuant à se masser les bras. Crois-tu Cody capable de commettre un crime, Abigail ?

Abigail fronça les sourcils.

– Je ne sais plus ce que je crois, Regan. Je lui ai dit que Nicky était riche. Mais je lui ai dit aussi à quel point il était pingre. Cody aurait été idiot d'espérer lui soutirer de l'argent. Mais cela ne suffit pas à faire de lui un criminel.

Arrivées dans le centre de Los Angeles, elles s'arrêtèrent devant plusieurs immeubles non loin du bar. Regan entra se renseigner, mais aucun des portiers ne reconnut Cody.

– Il reste un immeuble au bout de la rue, dit Regan. Tentons encore le coup.

Abigail redémarra et s'arrêta devant.

– Je n'ai plus d'espoir, dit-elle.

– Il suffit d'un seul, dit Regan en posant une main sur son bras en signe de réconfort.

Elle descendit de voiture, s'approcha de l'entrée. Un jeune homme souriant en uniforme de portier commença à faire pivoter la porte tambour pour la laisser entrer.

Il n'a pas l'air d'avoir plus de douze ans, pensa Regan.

– Merci, lui dit-elle aimablement, mais je voudrais juste vous poser une question, si vous le voulez bien.

– Certainement.

Regan lui montra la photo de Cody.

– Avez-vous vu ce jeune homme dans le quartier ?

– Non, pas du tout, répondit-il trop vite.

Regan comprit qu'il mentait. Il était trop jeune pour avoir une maîtrise de ses expressions digne de celle d'un joueur de poker. Elle fit donc en sorte qu'il voie le billet de vingt dollars qu'elle tenait derrière la photo.

– Mais laissez-moi réfléchir..., reprit-il, le front plissé sous un apparent effort de réflexion.

Regan lui glissa prestement le billet dans la main et en sortit un autre de sa poche.

– Bon, d'accord, dit le jeune portier. Mais je vous en prie, je pourrais avoir des ennuis.

– Je comprends, le rassura Regan. Mais c'est très important.

Le portier regarda autour de lui.

– Il n'habite pas ici en permanence, mais il a séjourné deux jours dans l'appartement d'un des copropriétaires.

– Il est parti ?

– Je ne sais pas s'il est parti pour de bon. Hier soir, je faisais des heures supplémentaires. Vers vingt-trois heures, il a ramené avec lui une superbe blonde. Elle ressemblait à une actrice. Mais ils sont partis deux heures après le tremblement de terre. Elle avait l'air affolée.

Abigail va se tuer, pensa Regan.

– Savez-vous où ils sont allés ?

– Je n'en ai aucune idée. Ils sont descendus dans le hall et je leur ai appelé un taxi. Ils avaient tous les deux leurs bagages.

Regan plongea la main dans son sac.

– Inutile de gaspiller votre argent, je ne sais rien de plus. Pourtant, croyez-moi, j'en aurais bien besoin.

– Merci, dit Regan. Vous nous avez beaucoup aidées.

Elle regagna la voiture. Abigail lui lança un regard interrogateur.

– Si je t'offrais un verre avant d'aller à l'aéroport ? suggéra Regan.

– Dis-moi tout, Regan ! C'est si mauvais que cela ?

– Il est resté deux jours ici. Hier soir, il a amené une blonde. Ils sont partis après le tremblement de terre parce qu'elle avait peur.

Abigail assena sur le volant un coup de son poing valide.

– Si tu pleures le jour de ton anniversaire..., commença Regan.

– Le sinistre crétin !

– Viens. Un verre de vin. Après, tu affronteras ta grand-mère.

– Regan, dit Abigail en démarrant, maintenant, c'est fini.

– Non, Abigail, pas du tout. Nous reprendrons nos recherches après le dîner. Rien n'est fini tant que tout n'est pas achevé.

– Tu sais quoi, Regan ? J'ai l'impression que tu t'entendras très bien avec ma grand-mère.

– Pourquoi ?

– Parce que c'est une autre de ses expressions favorites.

49

Le vol d'Ethel Feeney avait décollé de l'aéroport O'Hare de Chicago, mais pas avant qu'elle ait tout tenté pour obtenir de changer de place. D'abord, à la porte d'embarquement, elle avait demandé un surclassement, mais l'employé lui avait répondu que l'avion était complet. Elle avait ensuite demandé un siège couloir, pour s'entendre répondre que les sièges couloir ou hublot étaient tous déjà attribués.

– Je suis une vieille dame ! avait déclaré Ethel d'un ton agressif.

– Je regrette, madame, mais je ne peux rien faire. Une fois à bord, vous trouverez peut-être un passager qui acceptera de changer de place avec vous.

– Quelle personne sensée prendrait une place en milieu de rangée ? On est si serré qu'on peut à peine bouger et on n'a même pas un accoudoir pour soi tout seul !

L'employé avait haussé les épaules avec fatalisme et pris le micro pour annoncer l'embarquement immédiat.

Deux heures plus tard, Ethel avait coiffé les écouteurs du baladeur dernier cri que son petit-fils lui avait prêté pour le voyage. Les yeux clos, béatement installée dans son siège couloir, elle écoutait un opéra. Pendant la première heure du vol, elle avait fait tourner en bourrique le jeune homme corpulent assis à côté d'elle en se levant trois fois pour aller aux toilettes. Il avait fini par jeter l'éponge et proposé de lui-même de changer de place avec elle. Elle avait accepté avec reconnaissance et, depuis, n'avait plus bougé de sa place.

Toutes les deux minutes, son voisin coulait des regards chargés de rancune à Grand-Maman Feeney. Je les connais, les vieilles dans son genre, fulminait-il intérieurement. Elles font semblant d'être malheureuses pour arriver à leurs fins et me voilà maintenant coincé comme une sardine en boîte. De guerre lasse, il avait fourré son journal dans la pochette du dossier en face de lui, avait croisé les bras et fermé les yeux.

Ethel pensait à sa joie de retrouver Mugs et Abigail. Une fois lasse d'écouter de la musique, elle avait sorti de son sac une calculette et la liste des défauts qu'il lui faudrait repérer dans l'appartement de Mugs, avec le montant du rabais correspondant inscrit à côté. Tout et n'importe quoi pourrait faire baisser le prix.

Tu vas voir, Abigail chérie, pensait Ethel tout excitée. Si toi et moi, on s'y prend bien, chaque sou comptera double

50

Les inspecteurs Nelson et Vormbrock avaient été surpris par la tournure que prenaient les événements avec Abigail Feeney.

– Cette fille a vraiment la poisse, dit Vormbrock pendant qu'ils se rasseyaient à leurs bureaux. Elle n'avait manifestement rien à voir avec cette folle.

– Elle a de la chance d'être encore en vie. Nous, on a de la chance que cette furie soit hors d'état de nuire et que Regan Reilly ait su comment se défendre.

– Elle est détective privée, commenta Vormbrock.

– Et elle doit être une vraie pro. Elle a su rester calme et garder le contrôle de la situation. Elle nous trouvera peut-être cet ex-petit ami.

Un de leurs collègues arriva sur le pas de la porte :

– J'ai reçu un rapport préliminaire du labo, dit-il en donnant le document à Nelson, qui commença aussitôt à le lire.

– Qu'est-ce que nous avons ? demanda Vormbrock.

– Des cheveux correspondant à ceux de la victime, des cheveux d'au moins trois autres personnes... et des cheveux synthétiques roux provenant d'une perruque... Je ne crois pas que ce type se déguisait avec des perruques. Et toi ? demanda-t-il à Vormbrock.

– Je ne crois pas non plus.

Le téléphone de Nelson sonna. Il décrocha promptement :

– Inspecteur Nelson.

– Bonjour, inspecteur. Je suis Walter Young, du club des seniors. Vous nous avez posé des questions hier au sujet de Nicky Tendril.

– C'est exact, Mr. Young. Que puis-je faire pour vous ?

– J'ai réuni beaucoup de monde pour parler de Nicky et voir si nous avions une idée ou trouvions un indice qui vous serait utile.

– Excellente initiative, Mr. Young. Nous sommes très reconnaissants au public pour l'aide qu'il nous apporte.

– Il y a deux points qui pourraient vous intéresser, je crois.

– Lesquels ?

– Certains d'entre nous ne sont pas d'accord sur le fait de savoir si Nicky avait ou non une femme de ménage.

– D'accord.

– L'autre point intéressant soulevé pendant la discussion, c'est que Nicky accordait le plus grand soin à honorer la mémoire de sa femme. Il semble même que ce soit ce dont il se souciait le plus. Une des dames présentes a dit qu'il déposait des fleurs fraîches sur sa tombe tous les dimanches. Je ne l'avais jamais su et, pourtant, j'étais celui qui passait le plus de temps avec lui. Pour tout dire, je me sens un peu vexé qu'il n'ait pas partagé cela avec moi.

– Il allait sur la tombe de sa femme tous les dimanches ?

– Oui, qu'il pleuve ou qu'il vente, répondit Walter.

– Elle est morte depuis longtemps ?

– Oui, au moins cinquante ans.

– Où est-elle enterrée ?

– Au grand cimetière dans la Vallée, Pearly Gates.

– Merci, Walter. Continuez à nous tenir au courant. Nous apprécions votre assistance.

– Je continue à cogiter.

– N'arrêtez pas, surtout, Walter ! À bientôt.

Nelson raccrocha et se tourna vers Vormbrock.

– Allons donc faire un tour au cimetière de Pearly Gates. Il est temps d'aller présenter nos respects à feu l'épouse de Nicky.

51

– Tiens, regardez qui revient nous voir ! dit le serveur bavard de la veille au soir quand Regan et Abigail entrèrent chez Jimbo. Je n'ai toujours pas revu votre ami.

– Ça ne fait rien, lui dit Regan. Nous sommes juste venues boire un verre en vitesse. C'est l'anniversaire d'Abigail.

– Bon anniversaire, alors ! Vous êtes capricorne.

– Oui, et je suis née un vendredi 13.

– Manque de pot ! Voulez-vous vous asseoir à une de mes tables près de la fenêtre ? Je vous apporterai un plateau d'amuse-bouches pour votre anniversaire, cadeau de la maison.

– Vous êtes sûr ? demanda Abigail. Nous ne voulons pas occuper une table alors que nous ne prenons pas de repas.

– Mais oui ! Nous n'avons du monde qu'après cinq heures.

– Eh bien, d'accord.

– Voulez-vous la table où votre amie aux gants a passé la soirée à me torturer ?

– Pourquoi pas ? dit Abigail en riant.

En suivant le serveur, Regan et Abigail échangèrent un regard. C'est de là que Lois a vu Cody, pensaient-elles en même temps.

– Je m'appelle Jonathan, leur annonça le serveur pendant qu'elles s'asseyaient. Que désirez-vous boire ?

Elles commandèrent un verre de vin rouge.

– Et deux vins rouges qui marchent ! annonça Jonathan en chantant pendant qu'il s'éloignait vers le bar.

Abigail le suivit des yeux en souriant et se tourna vers Regan.

– Il faut que j'appelle Kaitlyn et Lois. Mais je dois d'abord penser à l'endroit où nous dînerons ce soir et réserver une table. J'aurais dû le faire plus tôt.

– Tu as eu une journée chargée, dit Regan, un sourcil levé.

– Toi aussi, oserais-je dire. J'essaie de penser à un restaurant qui plairait à ma grand-mère et à son amie, poursuivit Abigail en se grattant la tête. Rien de trop bruyant ni de trop cher.

– Il y a un italien tranquille sur Santa Monica Boulevard à Beverly Hills. J'y suis allée avec mes parents…

– Et voilà !

Elles se retournèrent. Jonathan déposait leurs verres devant elles.

– Je reviens tout de suite !

Regan leva son verre :

– Bon anniversaire, Abigail ! Je suis désolée que tu aies su pour Cody et cette blonde un jour comme aujourd'hui.

– Après ce que tu as subi ce matin, Regan, Cody est le dernier de mes soucis. Je remercie le ciel que tu sois indemne. Mais je veux quand même récupérer mon argent, ajouta-t-elle après une pause.

Elles trinquèrent joyeusement.

– Joyeux anniversaire ! chanta le serveur qui s'approchait.

Il déposa devant elles un plateau garni d'un assortiment de petits friands, de crudités et de croque-monsieur miniatures.

– Merci, lui dit Abigail. Vous êtes trop gentil.

– J'aime bien faire plaisir à mes clients, répondit-il. Cela rend le travail beaucoup plus agréable. Bien entendu, quand je tombe sur des gens comme votre copine aux gants !..., dit-il en levant les yeux au ciel.

Abigail lui sourit.

– Elle n'a quand même pas été aussi méchante que ça ?

– Permettez ? Le pauvre bougre qui était avec elle a pris trois fois la fuite aux toilettes. Ce n'est pas moi qui le lui reprocherais ! Vous dites qu'elle est actrice dans des publicités pour les mains ?

– C'est ce qu'elle a dit, en tout cas.

– Eh bien, laissez-moi vous dire que ses mains doivent être ce qu'elle a de mieux. Pitié, de grâce !

– Regan, rappelle-moi de ne jamais revenir ici avec Lois, lui dit Abigail.

– Je plaisantais, dit Jonathan avec un geste désinvolte. Mais dites-moi, avez-vous retrouvé votre autre copain ? L'athlète.

– Non.

– Pour un beau diable, c'est un beau diable.

– Inutile de me le rappeler. Le mot « diable » convient tout à fait.

– C'est beau, l'amour ! soupira Jonathan. Et vous ? demanda-t-il à Regan. C'est une alliance que je vois à votre doigt ?

– Oui. Je suis heureuse de dire que je suis mariée à un homme formidable.

– Cela fait au moins une personne ici.

– Mais il n'était pas facile à trouver, croyez-moi, dit Regan.

– Les meilleurs ne le sont jamais, observa Jonathan.

– Mon ex n'est pas facile à retrouver et il est loin d'être le meilleur, gémit Abigail.

– Ma pauvre amie… Votre copine aux gants avait l'air de bien aimer le type avec qui elle était.

– Vraiment ? Elle ne m'a rien dit à son sujet, sauf qu'ils avaient dîné ensemble.

– Je ne sais pas. Je trouvais qu'ils avaient l'air de bien s'entendre, ce qui veut quand même dire quelque chose. N'importe quel être humain normal aurait craqué avec ses jérémiades continuelles.

– Ils avaient travaillé ensemble toute la journée, dit Abigail. Les acteurs font vite connaissance dans les tournages publicitaires.

Deux clients entrèrent à ce moment-là.

– Excusez-moi, dit Jonathan, il faut que je vous quitte.

Regan et Abigail dégustèrent leur vin et savourèrent les amuse-bouches tout en surveillant l'heure.

– Nous devrions partir, dit finalement Regan en faisant signe au serveur d'apporter l'addition. Que penses-tu de mon idée de réserver au restaurant italien ?

– Elle est bonne, mais je crois que je ferais mieux de demander d'abord à ma grand-mère ce qu'elle veut faire. Si c'est elle qui paie, elle voudra décider elle-même, crois-moi. Elle choisira probablement un endroit où elle pourra voir des célébrités.

– Pourquoi pas un où on verrait Cody Castle ?

– Ce serait un beau cadeau d'anniversaire ! Mais j'ai l'impression qu'ils n'ont pas les mêmes goûts en matière de restaurants.

52

Vormbrock et Nelson franchirent la gille du cimetière de Pearly Gates et passèrent devant des rangées de pierres tombales le long de l'allée menant au bâtiment administratif.

– Regarde tous ces noms, dit Nelson. Quand je vais dans un cimetière, je cherche s'il y a des Nelson enterrés là et j'en trouve toujours un. Cela donne un sentiment étrange.

– Avec un nom comme le mien, dit Vormbrock, je n'ai pas ce problème.

Ils garèrent la voiture devant le bâtiment, mirent pied à terre et regardèrent un moment autour d'eux. Il n'y avait personne en vue. La brise agitait doucement les fleurs plantées devant les tombes.

– C'est donc ici que Nicky rendait visite à sa femme tous les dimanches, commenta Nelson. Je me demande où est sa tombe.

– Allons poser la question, dit Vormbrock en commençant à monter les marches à l'entrée du bâtiment.

La porte franchie, ils traversèrent un petit hall débouchant sur une vaste pièce haute de plafond, pourvue de grandes verrières offrant une vue complète du cimetière. Quatre bureaux étaient disposés non loin les uns des autres. Des dossiers étaient empilés partout. Les deux hommes et les deux femmes travaillaient visiblement en groupe ou n'avaient pas besoin de s'isoler.

Une dame à l'allure pleine de dignité se leva à leur entrée et les accueillit avec un sourire. Elle semblait avoir la soixantaine et diriger les opérations.

– Bonjour. Je m'appelle Béatrice. Que puis-je faire pour vous ? demanda-t-elle, s'attendant sans doute à ce qu'ils veuillent acquérir une concession.

L'inspecteur Nelson s'identifia en lui montrant sa carte.

– Nous désirons poser quelques questions au sujet d'un certain Nicky Tendril. Sa femme est inhumée ici...

Les trois autres employés levèrent la tête.

– Le pauvre homme ! s'exclama Béatrice.

– C'est aussi ce que nous pensons.

– Sa nièce vient de nous apprendre l'affreuse nouvelle. Nicky sera enterré à côté de sa femme, Abigail. Il avait acheté une concession pour eux deux à son décès. Il a eu une mort épouvantable, nous sommes tous sous le choc.

– Vous le connaissiez donc ?

– Tout le monde ici connaissait Nicky, intervint un des employés, l'air étonné d'une pareille question.

– Nous avons appris qu'il venait tous les dimanches sur la tombe de sa femme, dit Nelson.

– Oui, confirma Béatrice avec un hochement de tête solennel. Nos bureaux restent ouverts une demi-journée parce qu'il y a beaucoup de visiteurs le dimanche. Un seul d'entre nous assure la permanence et nous nous relayons. Nous avons adopté cette politique il y a plusieurs années, elle a eu de très bons résultats. Surtout pour quelqu'un comme Nicky.

– Surtout pour quelqu'un comme Nicky, répéta l'autre employé. Il se plaignait toujours d'une chose ou d'une autre, comme d'un brin d'herbe qui ne lui paraissait pas assez vert.

– Oh ! Nicky était un brave homme, le reprit gentiment Béatrice. Et puis, il avait quelquefois des raisons de se plaindre. Quand il est venu il y a deux jours...

– Il est venu il y a deux jours ? demanda Nelson.

– Bien sûr. Avant-hier était un dimanche.

Nelson acquiesça d'un signe.

– Bref, il était venu nous parler de l'arbre qui se dresse derrière la tombe de sa femme. La sève qui coulait sur la dalle la salissait. Il voulait qu'elle soit nettoyée sans tarder.

– Vous a-t-il parlé d'autre chose ?

– Il a dit qu'il devrait peut-être faire restaurer la pierre tombale car le nom d'Abigail s'effaçait. Cela arrive quand une inscription est exposée aux éléments depuis cinquante ans. Il était assis là, il y a deux jours, poursuivit Béatrice en hochant la tête. Qui aurait pu penser que lorsqu'il reviendrait, ce serait pour l'éternité ?

– Oui, c'est incroyable, approuva Nelson. Nicky venait-il accompagné de quelqu'un d'autre pendant ses visites ?

– D'habitude, non, répondit Béatrice. Mais les deux ou trois dernières fois, j'ai vu qu'il n'était pas venu seul.

– Savez-vous qui c'était ?

– Je n'en ai aucune idée. Je sais simplement que c'était une femme aux cheveux roux.

– Elle avait les cheveux roux ? demanda calmement Vormbrock.

– Je crois que c'était une perruque, dit Béatrice en baissant la voix sur le ton de la confidence.

– Lui avez-vous jamais parlé ?

– Non. Quand Nicky venait dans le bureau, il était toujours seul. Son amie voulait faire preuve de respect, à mon avis. Elle le conduisait ici en voiture et marchait dans les allées pendant qu'il se recueillait sur la tombe de sa femme. Elle était visiblement sensible à son chagrin. Dimanche dernier, pendant qu'il nous parlait des souillures de sève sur la dalle, elle est allée aux toilettes, au fond de la salle, dit-elle en montrant le mur opposé.

– Mr. Tendril ne vous l'a pas présentée ?

– Non. Nous nous sommes saluées quand elle est entrée. En sortant des toilettes, elle est tout de suite retournée dehors. Bien entendu, je ne pouvais pas faire autrement que demander à Nicky qui elle était. Il m'a répondu en plaisantant qu'elle était son bras droit. Je me doutais, bien sûr, que ce n'était pas sa petite amie. C'était impossible, il aimait toujours trop sa femme pour être infidèle à sa mémoire. C'est si triste, je vous dis ! Maintenant, au moins, ils sont réunis.

– Si vous ne l'avez vue que de loin, demanda Vormbrock, comment savez-vous qu'elle portait une perruque ?

– L'heure de la fermeture est arrivée peu après que Nicky eut quitté le bureau. En sortant du cimetière, je les ai dépassés. Ils étaient retournés à la tombe d'Abigail. Il faisait beaucoup de vent dimanche. Ils étaient à côté de la dalle, Nicky montrait les taches du doigt. J'ai vu la perruque de la femme commencer à s'envoler. Elle l'a rattrapée juste à temps. Je crois que Nicky ne s'en est pas même aperçu.

– Comment était-elle habillée ?

– Sobrement, comme tous ceux qui viennent visiter leurs chers disparus. Une jupe noire, une blouse à fleurs. Elle avait de grandes lunettes de soleil… Oh, attendez ! s'exclama

Béatrice en levant un doigt. J'ai gardé une chose qu'elle a oubliée derrière elle aux toilettes.

– Qu'est-ce que c'est ? demanda Nelson avec un regain d'intérêt.

Béatrice ouvrit un tiroir de son bureau.

– Je l'ai mis là avec l'intention de le donner à celui qui serait de permanence dimanche prochain pour qu'il le rende à Nicky, dit-elle en prenant un petit flacon de plastique blanc. Je ne peux pas dire si c'est une lotion ou une crème nettoyante. Tout ce que je peux dire, c'est que ce doit être coûteux. Si ce n'est pas un remède soumis à ordonnance, cela vient quand même d'un cabinet médical de Beverly Hills. Regardez : « Dr. Cleary, dermatologue des stars », dit-elle en donnant le flacon à Nelson avec un petit éclat de rire. C'est drôle, non ?

Nelson lança un regard à Vormbrock avant de se tourner de nouveau vers Béatrice.

– Si vous n'y voyez pas d'inconvénient, nous aimerions le garder.

– Bien sûr.

Nelson s'adressa alors aux autres employés, qui n'avaient pas perdu mot de ce dialogue.

– L'un d'entre vous a-t-il eu un contact avec cette femme rousse ?

Aucun ne lui avait parlé.

– Quel genre de voiture conduisait-elle ?

Ils se souvenaient d'une berline blanche d'un modèle courant, sans plus.

– Merci de votre coopération, dit Nelson à Béatrice en lui donnant sa carte. Si vous pouvez vous rappeler quoi que ce soit d'autre, ou si la compagne de Nicky vient ici ou vous appelle, prévenez-moi le plus vite possible.

– Pensez-vous que cette femme aurait pu tuer Nicky ? demanda Béatrice en écarquillant les yeux.

– Je n'ai pas dit cela. Nous voulons seulement parler à tous ceux qui l'ont connu, répondit Nelson évasivement. Au fait, où se trouve la tombe de sa femme ?

– Dans la section 7. Du côté droit de l'allée qui mène à la sortie.

Vormbrock et Nelson se hâtèrent de regagner leur voiture. Vormbrock démarra rapidement.

– Penses-tu avoir bientôt une petite conversation avec Gloria Carson ? demanda-t-il en manœuvrant pour sortir du parking.

– Je l'espère bien, dit Nelson en montrant le flacon. Je suis curieux de savoir si c'est une lotion ou une crème nettoyante.

53

Quand Regan et Abigail remontèrent en voiture devant chez Jimbo, Abigail appela la compagnie aérienne.

– Seigneur, Regan ! Le vol de ma grand-mère est en avance ! Il a dû avoir un vent favorable.

– Combien d'avance ?

– Quinze minutes. Grand-mère a peut-être prêté son balai au commandant de bord.

– Abigail !...

– Non, je plaisante. Ce n'est pas elle la sorcière, c'est moi, tu te rappelles ? Ma grand-mère est une femme bonne. Mais elle est plutôt coriace et j'ai peur.

– Je croyais que ta joie de me voir encore en vie occupait uniquement tes pensées en ce moment, dit Regan en souriant. Ce sentiment de soulagement s'efface déjà ?

Abigail rit de bon cœur.

– Dans l'ordre de l'Univers, mon problème n'a pas grande importance, je sais. Mais attends de la voir, tu comprendras.

Comme prévu, la circulation était dense. Abigail faisait appeler les renseignements par Regan toutes les cinq minutes.

– Le vol a gagné quinze secondes de plus, dit Regan après son troisième appel.

– Pardonne-moi, Regan. Je suis ridicule, je sais. Nous arriverons quand nous arriverons, voilà tout.

Abigail prit la bretelle de sortie de l'aéroport à seize heures trente-huit.

– L'avion atterrit dans sept minutes, dit-elle nerveusement.

– Va directement à la salle des bagages. Tu descendras et tu l'attendras. Pendant ce temps, je tournerai. Appelle-moi quand elle aura récupéré ses valises.

– D'accord.

Abigail se rangea le long du trottoir, sauta à terre, entra en courant dans l'aérogare et se précipita vers la zone où parents, amis et chauffeurs attendaient les passagers.

Au mur, sur l'écran, le mot ARRIVÉ clignotait en face du numéro du vol. Autant écrire VOUS ÊTES GRILLÉE, pensa Abigail en reprenant haleine. Six minutes plus tard, les premiers passagers émergèrent de la porte et les embrassades commencèrent.

Où est-elle ? se demanda Abigail. Elle repéra alors la femme qu'elle aimait de tout son cœur mais qu'elle souhaitait être à mille lieues de là. Sa grand-mère Ethel franchissait la porte avec un jeune homme au physique de catcheur. Il portait son sac et traînait son fourre-tout à roulettes en tissu à fleurs. Elle étreignait son grand parapluie noir qui lui servait aussi de canne.

– Grand-mère ! cria Abigail en se rapprochant.

– Voilà l'héroïne de la fête ! s'exclama Ethel en embrassant Abigail. Shark, poursuivit-elle en se tournant vers le jeune homme, venez dire bonjour à ma petite-fille Abigail.

Shark accueillit l'injonction avec une répugnance visible.

– Bonjour. Tenez, dit-il en donnant à Abigail les affaires d'Ethel.

Abigail accrocha le sac à son épaule et prit la poignée de la valise et le remercia :

– Merci infiniment.

Il marmonna des mots inintelligibles et s'empressa de s'éloigner.

– Nous étions voisins de sièges, dit Ethel avec jubilation.

Ses yeux bleus soulignés d'un trait noir pétillaient. Avec un soupçon de rouge à lèvres, c'était assez de maquillage pour le goût d'Ethel. Sa chevelure brune était légèrement striée de gris. Elle jurait à qui voulait l'entendre qu'elle ne s'était jamais teint les cheveux, même si sa petite-fille le lui faisait gratuitement. Elle était vêtue de sa tenue de voyage, solides chaussures de marche, pantalon noir et chemise de laine rustique.

– Allons chercher tes bagages, grand-mère, lui dit Abigail.

– Que veux-tu dire ?

– Tu as bien enregistré une valise ?

– Non, tout tient là-dedans. J'ai pris une robe en tissu infroissable que je porterai ce soir. Combien d'affaires crois-tu qu'il me faut ?

– Pas beaucoup, admit Abigail.

– Et puis, je ne pourrai pas rester très longtemps. Je ne suis venue que dans un but précis. Je veux que tu aies un nid, ma fille. Après, je veux rentrer chez moi.

Abigail sentit son estomac se nouer.

– Mon amie tourne en rond dans l'aéroport. Je dois l'appeler.

– Qui est-ce, ton amie ?

– Regan Reilly. J'étais sa voisine de palier. Elle est venue me rendre visite quelques jours.

Ethel fronça les sourcils.

– Tu ne m'as pas dit une fois qu'elle était détective privée ?

– Ah, je te l'avais dit ?

– Bien sûr. J'ai une mémoire d'éléphant. Tu devrais le savoir, depuis le temps.

– Je ne l'ai pas oublié, grand-mère, crois-moi.

Regan arriva le long du trottoir trois minutes plus tard. Abigail fit les présentations.

– J'avais parlé de toi l'année dernière à grand-mère, je l'avais oublié. Elle se souvient que tu es détective privée.

– Vraiment ?

– Ce doit être un travail intéressant, dit Ethel en s'installant à l'avant pendant que Regan montait derrière. Vous avez eu de bonnes affaires à résoudre, ces temps-ci ?

– Quelques-unes, répondit Regan.

– Je voudrais bien que vous me les racontiez en détail.

Abigail décida aussitôt d'éveiller la sympathie d'Ethel.

– Regan m'a sauvé la vie aujourd'hui, grand-mère.

– Quoi ? s'exclama Ethel.

Abigail lui relata les événements du matin.

– Une folle ? dit Ethel, incrédule.

– Oui, une folle furieuse.

– C'est terrible ! J'espère que vous n'avez pas eu trop mal, Regan.

– Je vais très bien, merci.

– J'en arrive à me demander si tu serais assez en sécurité dans l'appartement de Mugs, Abigail.

– Je me le demande aussi, répondit Abigail un peu trop vite.

Ethel plongea la main dans son sac et en sortit un calepin.

– Mesures de sécurité – inestimable, écrivit-elle. J'ai fait une liste, ma chérie, de tout ce à quoi j'ai pensé qui puisse nous économiser un sou au moment de négocier l'achat.

Abigail lança dans le rétroviseur un coup d'œil à Regan, dont l'expression n'avait, elle aussi, pas de prix. Dommage que je n'aie pas d'appareil photo, se dit-elle.

– J'ai appelé Mugs quand l'avion a atterri, dit Ethel en remettant le calepin dans son sac. Je le lui avais promis. Ton père m'a fait acheter un téléphone portable, mais je n'ai encore aucune idée de la manière dont on se sert de tous les trucs invraisemblables que les gamins jugent formidables. Bref, Mugs m'a dit de demander à tous ceux que tu as invités à dîner de venir d'abord chez elle porter un toast à ton anniversaire

– C'est très gentil de sa part. J'ai juste invité deux amies à se joindre à nous ce soir.

– Appelle-les tout de suite. Nous commencerons la fête dans ce qui sera, j'espère, bientôt ton chez-toi.

54

À dix-sept heures, Gloria se hâta de quitter le cabinet et de rentrer chez elle aussi vite que possible, mais sans commettre d'excès de vitesse. Ces deux policiers voudraient bien me mettre la main dessus, pensait-elle. Une contravention leur prouverait que je suis une délinquante endurcie. Non seulement une criminelle, mais qu'en plus je dédaigne les règles de la circulation.

Elle tourna dans sa rue. Sa place de stationnement de la veille, juste devant sa porte, était libre. Un point pour moi, se dit-elle en se dépêchant de se garer et de descendre de voiture.

Et maintenant, se dit-elle, je vais refaire exactement tout ce que j'ai fait hier. Pas jusqu'au bout, bien sûr, je ne m'approcherais pour rien au monde de l'appartement de Nicky. Gloria fit tomber ses clefs par terre, se pencha pour les ramasser puis se redressa. Hier, quelque chose m'est apparu comme un éclair quand j'ai fait cela, se dit-elle. Avais-je aperçu un mouvement à la fenêtre de Nicky ? La fenêtre de sa chambre et une de celles du living donnent de ce côté-ci. Il tirait toujours les stores la nuit, mais le jour, des voilages lui donnaient de la lumière tout en l'isolant de l'extérieur. Ai-je vu ces voilages frémir ? Est-ce que je me raccroche à une illusion ?

Gloria soupira. Nicky était peut-être encore en vie quand je suis revenue. J'étais chez moi une demi-heure avant d'aller à la buanderie. Quand je l'ai trouvé, les policiers ont dit qu'il n'était pas mort depuis très longtemps.

Si seulement j'avais décidé de faire ma lessive plus tôt !...

Gloria se retourna, traversa le trottoir puis gravit lentement les quatre marches de son appartement. Elle prit son courrier dans la boîte aux lettres fixée au mur, à côté de la porte, fit jouer la serrure et entra.

Elle posa le courrier sur la table du vestibule, alla à la cuisine se verser un verre d'eau fraîche, puis alluma la télévision pour regarder les nouvelles. Aucune de ces activités n'éveilla de souvenirs.

La clef du local de la buanderie était pendue à un crochet près de la porte de derrière. Elle ramassa une pile de serviettes, prit la clef et sortit. Les nombreuses plantes en pot, fournies en partie par les locataires, égayaient l'ambiance austère de la petite cour dallée. Une table boiteuse à plateau de verre et trois chaises de jardin complétaient le décor.

Gloria ouvrit la porte de la buanderie et entra. Elle fit trois pas jusqu'à la machine à laver, ouvrit le couvercle... et éclata de rire. La machine était pleine de linge. Je me demande pourquoi nous nous sommes donné la peine de mettre cet écriteau, pensa-t-elle en relevant les yeux. Les gens n'enlèvent leur lessive immédiatement que s'ils restent ici en lisant pour passer le temps, ce que personne ne fait. Elle regarda le panier de journaux et de magazines posé par terre à côté de la machine. Les locataires laissaient là des publications dont ils ne se servaient plus. Les magazines, pour la plupart, étaient si vieux qu'ils auraient dû finir depuis longtemps dans le conteneur réservé au recyclage, se disait souvent Gloria.

Mais le magazine *people,* sur le dessus de la pile, curieusement, était récent. Un des gros titres concernait une célébrité qui, elle aussi, avait abusé du Botox. Gloria se pencha et tendit la main pour le ramasser. En découvrant sous le magazine une brochure, un cri lui échappa.

– Voilà ! s'écria-t-elle. J'ai trouvé !

Les mots BON POUR LA POUBELLE griffonnés sur la page de titre étaient de la main de Nicky. Gloria connaissait l'écriture de tous les locataires. La lecture de leurs chèques de paiement des loyers avait fait d'elle une experte en graphologie.

La brochure était un scénario intitulé SANS TITRE.

Gloria l'ouvrit. Sous la page de titre, elle trouva une note manuscrite sur une simple feuille de papier :

Cher monsieur Tendril,

Nous espérons que la lecture de notre scénario vous intéressera et serons heureux de venir vous rendre visite chez vous afin de discuter des conditions de votre participation à la production.

Bien à vous,

Dean Puntler

Gloria lut la page de garde. Elle comprit que ce Dean Puntler, dont elle n'avait jamais entendu parler, avait écrit le scénario en collaboration avec un certain Cody Castle. Étaient-ils venus la veille ? Gloria sortit de la buanderie, referma la porte et retourna en hâte dans son appartement. Il faut que j'appelle les policiers, pensa-t-elle en cherchant fébrilement la carte qu'ils lui avaient laissée.

On sonna à sa porte à ce moment-là. Gloria courut ouvrir. Les inspecteurs Nelson et Vormbrock se tenaient devant l'entrée.

– Oh ! s'écria-t-elle. Je suis si contente que vous soyez venus ! J'ai quelque chose à vous montrer.

– C'est drôle, répondit Nelson, nous avons nous aussi quelque chose à vous montrer.

Encore ce ton froid et désagréable ! se dit Gloria, piquée au vif. C'était vraiment exaspérant. Mais je vais les remettre à leur place.

– Entrez, je vous prie, dit-elle le plus poliment qu'elle put.

Ils s'assirent dans le living aux mêmes places que la veille.

Gloria courut à la cuisine, prit le scénario et revint en courant le leur montrer.

– Je viens de trouver ceci dans la buanderie. Je savais que j'avais vu quelque chose hier qui m'avait paru inhabituel.

Elle donna le scénario à Nelson. Vit-elle apparaître le moindre étonnement dans sa réaction ?

– Regardez cette note manuscrite ! dit-elle. Ce Dean est peut-être venu ici hier.

Les visages de Nelson et de Vormbrock restèrent impassibles.

– Allez-vous essayer de le joindre ? demanda Gloria en s'énervant. Ou l'autre type, ce Cody Castle ? Il n'y a pas de numéro de téléphone, je sais, mais il doit y avoir moyen de les retrouver.

– Nous nous en occuperons.

Un sentiment de frustration envahit Gloria. Ils semblaient ne pas se soucier du fait qu'elle avait peut-être découvert les assassins.

Nelson sortit de sa poche un sachet de plastique transparent. Le sachet contenait un flacon en plastique blanc.

– Est-ce que ceci vous paraît familier ? demanda-t-il en le lui montrant.

Gloria fronça les sourcils.

– Oui. Il fait partie de la gamme de soins dermatologiques du Dr. Cleary.

– Vous servez-vous de ce produit ?

– Cela dépend de son application.

Sans lâcher le flacon, Nelson l'approcha pour le lui mettre sous les yeux. Gloria lut les chiffres sur l'étiquette.

– C'est une lotion très puissante, dit-elle. Jamais je ne l'utiliserais. Elle n'est destinée qu'à très peu de gens.

– Vous en êtes sûre ?

– Bien entendu que j'en suis sûre ! Allez donc regarder dans mon armoire à pharmacie. Je ne me sers que de deux crèmes du Dr. Cleary spéciales pour peaux sensibles.

– Vous utilisez des crèmes haut de gamme, du maquillage de bonne qualité, vous vous habillez avec soin, dit Nelson. Vous donnez-vous aussi la peine de porter une perruque ? Peut-être certains jours où vos cheveux n'ont pas leur aspect habituel ?

– Mais... de quoi parlez-vous ?

– Une personne a accompagné Nicky Tendril sur la tombe de sa femme dimanche dernier. Elle a oublié ce flacon de lotion dans les toilettes du bureau. Elle portait apparemment une perruque rousse.

Un flot d'adrénaline se répandit dans le corps de Gloria.

– Ce n'était pas moi ! cria-t-elle. Et j'en ai la preuve ! Il y avait un congrès de dermatologues dimanche à Long Beach. Tout le personnel du Dr. Cleary était présent toute la journée à son stand pour vendre ses produits. J'y étais de neuf heures du matin à huit heures du soir ! hurla-t-elle en se précipitant pour décrocher le téléphone. Il vous le dira lui-même ! Je vais l'appeler tout de suite. Tout de suite !

Nelson et Vormbrock se levèrent d'un bond.

– Du calme, je vous en prie, dit Nelson. Calmez-vous.

Gloria reposa le combiné de mauvais gré.

– Vous pouvez peut-être nous aider, dit Vormbrock.

– C'est ce que j'essaie de faire depuis tout à l'heure !

– Sauriez-vous retrouver les noms des personnes qui se sont procurées cette lotion chez le Dr. Cleary ?

– Bien sûr ! Cela prendra un peu de temps, mais c'est sûrement dans l'ordinateur du cabinet.

– Maintenant, dit Nelson en souriant, j'apprécie votre offre d'appeler votre patron. Demandez-lui s'il accepte de nous ouvrir son cabinet.

– Vous avez de la chance, il travaille ce soir jusqu'à huit heures.

– C'est parfait. Pouvez-vous venir avec nous ?

– Et ces deux types qui ont écrit le scénario ? Cela ne vous intéresse pas de les retrouver ?

– Si, plus que vous ne pensez. Nous appelons le commissariat pour signaler votre découverte. Êtes-vous prête ?

– Je vais prendre mon sac, lâcha Gloria avec aigreur.

55

– Une soirée entre filles, moi, j'adore ! dit joyeusement Mugs en passant une assiette de boules de melon et de jambon de Parme. Avoir du monde chez moi me rappelle les jours passés où Harry et moi recevions si souvent.

– Votre appartement est charmant, dit Regan – grand-mère Ethel lui décocha un regard noir.

– Vous trouvez ? demanda Mugs, rayonnante.

– Oh, oui ! confirma Regan en avalant sa salive.

– Ce que j'aime, c'est être juste à côté de la piscine, avoir une terrasse, l'atmosphère d'une villégiature de vacances, reprit Mugs du ton d'un agent immobilier faisant l'article.

– Le revêtement de sol de la cuisine a besoin d'être remplacé, lui fit observer Ethel en puisant dans un bol de cacahuètes.

Espérons que le marchandage leur prendra plusieurs jours, pensa Regan. Cela nous donnera le temps de retrouver Cody.

Kaitlyn et Lois étaient arrivées en même temps. Elles étaient l'une et l'autre aimables et amicales, mais Kaitlyn n'avait pas sa vivacité habituelle. Elle dit avoir lutté contre une circulation épouvantable en venant du comté d'Orange et subi une rude journée. Lois n'était pas aussi odieuse que

Regan s'y était attendue mais, fidèle à son personnage, elle portait des gants longs. Ce soir-là, ils étaient noirs avec des fils brillants tissés dans l'étoffe.

Elles avaient discuté en détail de l'agression de la démente. Il était bientôt dix-neuf heures trente et elles avaient réservé une table pour vingt heures dans un restaurant de style familial sur La Cienega Boulevard.

J'ai du mal à imaginer ce que ressent Abigail en ce moment, se dit Regan en lui lançant un coup d'œil. Elle était assise sur le canapé à côté de sa grand-mère. Cet appartement serait parfait pour elle. Maintenant qu'elle l'a vu et a apprécié son charme, la situation doit la ronger intérieurement. Elle doit brûler d'impatience de partir à la recherche de Cody pour récupérer son argent.

Regan entendit sonner son téléphone. Un numéro inconnu de Los Angeles apparaissait sur l'écran.

– Excusez-moi, dit-elle en sortant sur la terrasse.

C'était l'inspecteur Nelson.

– J'ai de bonnes nouvelles, Ms. Reilly, lui dit-il.

Regan sentit son pouls accélérer.

– Lesquelles ? s'empressa-t-elle de demander.

– Nous avons localisé Cody Castle.

Ces mots firent à Regan l'effet d'une décharge électrique.

– Où est-il ?

– C'est une longue histoire. Hier soir, son coscénariste a perdu une sacoche contenant le scénario et d'autres papiers concernant leur film. Elle a été ramassée il y a un petit moment par un agent près du commissariat. En l'inventoriant, mes collègues ont trouvé l'agenda du propriétaire. Sachant que l'inspecteur Vormbrock et moi étions intéressés par ces deux types, ils nous ont immédiatement avisés de leur découverte. J'ai appelé Dean Puntler pour l'informer que nous avions retrouvé sa sacoche. Je lui ai dit aussi que j'avais parcouru son scénario et que je l'avais trouvé très intéressant...

– Et il a mordu à l'hameçon ? enchaîna Regan en souriant.

– Avec la ligne et le bouchon. Mais ce n'est pas tout, Ms. Reilly. Nous souhaitons vous et moi retrouver Castle pour des raisons différentes. La mienne vient de devenir beaucoup plus sérieuse. Un exemplaire de leur scénario a été découvert dans la buanderie de l'immeuble où se trouve l'appartement de Nicky Tendril.

– C'est vrai ? demanda Regan en écarquillant les yeux de surprise.

– Oui. Autant que je sache, cela ne veut pas nécessairement dire que...

– Où est Castle ? l'interrompit Regan.

– J'allais y venir. Son partenaire et lui ont un dîner d'affaires ce soir au Polo Lounge avec un de leurs investisseurs.

– Au Polo Lounge ? C'est à dix minutes à peine de l'endroit où nous sommes en ce moment !

– Ils ont réservé une table à dix-neuf heures trente. Dean m'a dit qu'ils espéraient expédier rapidement le dîner. Je me suis proposé de lui rapporter sa sacoche. Il m'a alors demandé si je pouvais rester boire un verre avec eux. Il était tellement ravi que son scénario m'ait plu qu'il m'a même demandé si je pouvais dire à son investisseur tout le plaisir que j'avais pris à le lire.

– Incroyable ! Vous serez donc là-bas ? demanda Regan.

– Oui. Mon collègue et moi sommes actuellement sur une autre piste, mais nous irons. Nous y serons vers vingt heures.

– Verriez-vous une objection à ce que nous décidions que le dîner d'anniversaire d'Abigail ait lieu au Polo Lounge à vingt heures ?

– Pas du tout. J'en serai enchanté.

– Alors, à tout à l'heure.

– Que se passe-t-il, Regan ? demanda Abigail qui venait de sortir sur la terrasse.

Regan se retourna pour lui faire face.

– Promets-moi d'abord de ne pas t'évanouir.

– Je te le promets.

– C'était l'inspecteur Nelson. Un exemplaire du scénario de Cody et de Dean a été trouvé dans la buanderie de l'immeuble de Nicky.

Abigail s'agrippa à la balustrade.

– Quoi ?

– Tu as bien entendu. Mais attend le meilleur. Cody et Dean ont un dîner d'affaires avec un investisseur ce soir au Polo Lounge.

Abigail lâcha la balustrade et empoigna le bras de Regan.

– Comment allons-nous nous y prendre ? demanda-t-elle, au comble de l'excitation. Je ne veux pas dire à ma grand-mère devant son amie que je n'ai plus l'argent. Mais si nous allions au Polo Lounge, je pourrais peut-être le récupérer. Écoute, Regan, reprit-elle après une pause, nous ne pouvons pas laisser grand-mère et Mugs seules ici le soir de mon anniversaire. Et nous avons réservé à l'autre restaurant. Je crois aussi que le Polo Lounge sera un peu trop cher pour ma grand-mère.

– J'ai une idée, répondit Regan.

– Laquelle ?

– Tu as dit que je t'avais sauvé la vie aujourd'hui, n'est-ce pas ?

– Oui.

– Cela veut dire que tu es sous ma responsabilité.

– Vraiment ?

– Oui, c'est un vieux dicton. Bref, je vais annoncer que je veux inviter tout le monde à dîner ce soir. Comme je t'ai sauvé la vie et que j'en suis responsable, je tiens à t'offrir la fête en ton honneur et je pense que l'endroit idéal pour célébrer ton anniversaire n'est autre que le Polo Lounge. Crois-tu que ta grand-mère marchera ?

– Bien sûr, si ce n'est pas elle qui paie.

Regan rit de bon cœur.

– Tu leur diras ce que tu voudras, Regan, mais il est évident que je te rembourserai, déclara Abigail.

– Ne t'inquiète pas de ça pour le moment. Si nous trouvons Cody, cela en vaudra largement la peine. Mais il faudra être prudentes.

– Je n'arrive pas à croire que je vais le revoir en personne au bout de trois mois, Regan, dit pensivement Abigail.

– Tu ne vas pas t'attendrir, au moins ?

– Non, j'ai toujours envie de l'écarteler et de le déchirer en morceaux. Je ne le ferai pas, bien entendu, mais je peux montrer sa reconnaissance de dettes à son investisseur.

– Très bien. Tu as le papier ?

– Naturellement, dans mon sac.

Regan serra fortement la main valide d'Abigail.

– Nous sommes dans le même bateau. Tiens bon.

Elles rentrèrent dans le salon et Regan lança son invitation.

– Le Polo Lounge ? s'exclama Mugs. Harry et moi adorions y aller boire un verre !

– Mais… c'est moi qui devais inviter tout le monde, dit Ethel, sans conviction.

– Comme votre petite-fille, lui dit Regan, je suis un peu superstitieuse. Je pense réellement que j'ai le devoir de l'inviter à dîner ce soir.

– Très bien.

Lois ajusta ses gants.

– J'aime beaucoup le Polo Lounge, c'est si élégant. Il évoque vraiment pour moi la légende de Hollywood.

– Le Polo Lounge me paraît tout à fait bien, dit Kaitlyn qui leva son verre en souriant. C'est merveilleux d'être toutes ensemble ce soir pour ton anniversaire, Abigail.

– J'espère que vous serez à nouveau toutes ensemble pour l'anniversaire d'Abigail l'année prochaine, dit Mugs en hochant la tête d'un air approbateur. Assises ici même, chez Abigail.

– Nous verrons, répondit Ethel. J'ai remarqué que le robinet de la salle de bains fuyait.

56

Cody avait commandé *Autant en emporte le vent* sur la chaîne à péage et commença à le regarder avec Stella à dix-huit heures trente. Il savait que c'était le film préféré de Stella, mais il savait surtout qu'il durait quatre heures.

– Quand allons-nous sortir ? demanda-t-elle avant le générique.

– Dès que ce sera fini, chérie, répondit-il d'un ton désinvolte.

– Cela fera dix heures et demie, dit-elle en riant.

– Pas de problème. Les clubs ne commencent à vivre qu'à cette heure-là.

À sept heures vingt-cinq, Cody se leva du canapé.

– Qu'est-ce que tu fais ? s'enquit Stella.

– Je reviens tout de suite.

– Où vas-tu ?

– Je t'ai préparé une petite surprise.

– C'est vrai ?

– Oui, tout à fait vrai, répondit-il en riant.

– J'adore les surprises. Tu me promets de revenir tout de suite ?

– Je te le promets. Maintenant, chut ! Regarde le film, dit-il avant de disparaître.

57

– Bon travail, dit l'inspecteur Nelson à Gloria.

Ils se trouvaient dans un des bureaux du cabinet du Dr. Cleary. Sur les listes figurant dans l'ordinateur, ils n'avaient trouvé que cinq clientes ayant acheté un flacon du produit surpuissant au cours de l'année écoulée.

– Nous allons immédiatement vérifier ces dames. Prêt à y aller ? demanda-t-il à Vormbrock.

– Et moi ? demanda Gloria. Avez-vous oublié que je suis venue ici en voiture avec vous ?

– Non, répondit Nelson, nous n'avons pas oublié. Excusez-moi, je suis un peu surmené en ce moment et nous n'avons pas beaucoup de temps devant nous, dit-il en regardant sa montre. Nous devons prendre quelque chose au commissariat et le déposer au Polo Lounge avant de…

Gloria l'interrompit :

– Vous pouvez me déposer moi aussi au Polo Lounge. Si quelqu'un a besoin d'un verre bien tassé, c'est moi !

58

Le cœur d'Abigail battait la chamade en conduisant sa grand-mère, Regan et Mugs au Polo Lounge. Kaitlyn et Lois suivaient dans leurs voitures. Heureusement, Regan avait résilié leur réservation sans problème au restaurant italien.

La situation est surréaliste, se disait Abigail. Grand-mère Ethel est là, sur la banquette arrière, sans se douter un quart de seconde qu'elle va se trouver dans la même pièce que celui qui s'est envolé avec son argent. Jamais je n'aurais imaginé une telle fin à la recherche de Cody.

Il était dix-neuf heures cinquante-cinq.

– Nous y voilà, annonça Abigail d'une voix enrouée en sortant de Sunset Boulevard pour s'engager dans l'allée d'accès au Beverly Hills Hotel.

– Oh ! exhala Mugs. C'est si beau ! Ethel, regarde ces palmiers.

– Je les vois.

– Il faudra revenir pendant la journée. Les fleurs sont superbes. Et les jardins à l'arrière sont absolument féeriques ! On appelle cet hôtel le Palais Rose, poursuivit Mugs en riant. C'est l'endroit où il faut aller pour voir et être vu.

Ce ne peut pas être plus vrai que ce soir, pensa Regan, qui lança un clin d'œil à Abigail.

– J'ai lu quelque part qu'Elizabeth Taylor avait passé sa lune de miel avec six de ses huit maris dans un des bungalows au fond des jardins, les informa Mugs.

– Ma parole ! dit Ethel. C'est vraiment très gentil à vous de nous emmener dans un endroit comme celui-ci.

– Un beau cadeau ! renchérit Mugs. J'en suis tout émoustillée.

– Tout le plaisir est pour moi, dit Regan avec un léger remords – si seulement elles savaient pourquoi…

Abigail s'arrêta devant la porte. Des chasseurs s'empressèrent d'ouvrir les quatre portières et leur souhaitèrent la bienvenue.

Lois et Kaitlyn arrivèrent juste derrière et les six femmes entrèrent dans le hall de l'hôtel.

– N'est-ce pas ravissant, Ethel ? demanda Mugs en lui désignant l'élégant décor. J'adore ces roses et ces verts. C'est si tropical… et si apaisant.

59

Stella avait beau aimer *Autant en emporte le vent*, ce soir-là son intérêt s'émoussait. La première heure avait été merveilleuse tant que Cody était resté blotti contre elle. Mais maintenant, Stella était furieuse. Il était déjà parti depuis une demi-heure. Où avait-il bien pu aller ?

Elle essaya d'appeler son portable. Cody ne répondit pas.

Que se passe-t-il ? se demanda-t-elle. Quelle surprise prendrait aussi longtemps ? Cela devient ridicule ! D'abord, il me laisse faire le pied de grue hier soir à l'aéroport, ensuite il se moque éperdument que je sois morte de peur pendant le tremblement de terre. Aujourd'hui, il s'absente presque toute la journée et maintenant, il disparaît !

Elle bourra de coups de poing le coussin du canapé en fronçant les sourcils.

Que ferait Scarlett O'Hara ?

60

– Par ici, mesdames, leur dit le maître d'hôtel.

À l'autre bout de la salle douillette sous son éclairage tamisé, Abigail repéra dans une stalle Cody, Dean et un couple plus âgé en grande conversation.

– Il est là, chuchota Lois à Abigail et à Regan.

– Je sais, répondit brièvement Abigail. Laissons ma grand-mère s'installer avant de faire quoi que ce soit.

– Cette table vous convient-elle ? demanda le maître d'hôtel en s'arrêtant devant une stalle semi-circulaire de l'autre côté de la salle, en face de celle où se trouvait Cody.

– C'est parfait, répondit Abigail.

– Vous voulez bien que Mugs et moi nous installions en premier ? demanda Ethel à Regan. Nous aimerions voir ce qui se passe dans la salle.

– Bien sûr, répondit Regan.

J'espère seulement qu'il ne se passera pas trop de choses, pensa-t-elle.

Un serveur vint prendre leurs commandes d'apéritifs.

– Grand-mère, Mugs, voulez-vous nous excuser une minute ? Regan et moi voudrions parler à quelqu'un assis à cette table là-bas, dit Abigail en montrant l'autre côté de la salle.

– Je veux le saluer moi aussi, déclara Lois sur un ton où perçait la vexation.

– Eh bien, viens.

Kaitlyn s'efforça de faire comme si de rien n'était.

– Alors, madame Feeney, vous plaisez-vous ici jusqu'à présent ?

– C'est merveilleux ! Mugs et moi sommes si heureuses de nous revoir. Pas vrai, Mugs ?

– Vrai !

En voyant Abigail s'approcher de leur table flanquée de ses deux amies, la femme leur sourit, pensant sans doute qu'elles connaissaient les autres. Les trois hommes se tournèrent en même temps dans cette direction. Ainsi qu'il était prévisible, Dean et Cody réagirent comme s'ils étaient frappés par la foudre.

– Bonsoir tout le monde, commença Abigail. Ravie de vous revoir Cody, Dean… et ?…

Les présentations furent faites à la ronde. Thomas Pristavec arborait un large sourire.

– Vous connaissez ces deux lascars ? Je suis enthousiasmé par leur film.

– Vraiment ? répondit Abigail.

– Oui. Je trouve le scénario extraordinaire. Ils m'ont convaincu d'investir dans leur film. Je ne le regrette pas le moins du monde, dit-il en riant.

Abigail sortit la reconnaissance de dettes de sa poche.

– J'ai là quelque chose que vous trouverez intéressant de consulter avant de leur donner un seul sou.

– Abigail ! gronda Cody.

– Cody me doit cent mille dollars, poursuivit Abigail. Je les lui ai prêtés en octobre dernier et, depuis, il a disparu.

L'emprunt arrive à échéance aujourd'hui. Le jour de mon anniversaire, précisa-t-elle avec un sourire amer.

Pristavec lut la reconnaissance de dettes puis regarda Cody.

– C'est vrai ? demanda-t-il, effaré.

Les lèvres de Cody eurent un frémissement convulsif.

– J'avais bien l'intention de la rembourser. Je… je…

– Pourquoi pas tout de suite ? dit Abigail en tendant la main, paume ouverte.

– Cody ! Tu es là ? Je te cherchais partout ! clama une voix de femme d'un ton accusateur.

Tout le monde se retourna vers une jeune et ravissante blonde qui fonçait vers leur groupe au pas de charge.

– Qu'est-ce que tu fais ici, Cody ? demanda-t-elle d'une voix qui aurait pu porter jusqu'au dernier rang d'un théâtre.

Le maître d'hôtel se précipita dans le dessein de la faire taire.

– Laissez-moi tranquille ! le rabroua-t-elle.

Seigneur ! se dit Regan. C'est l'actrice que j'ai vue hier au soir à l'aéroport.

– Qu'est-ce qui se passe, Cody ? Tu m'as laissée tomber ! cracha-t-elle.

– C'est une habitude chez lui, déclara Abigail. Prenez simplement la précaution de ne pas lui prêter d'argent.

– Lui prêter de l'argent ? grinça Stella.

– J'étais sa petite amie jusqu'à ce qu'il disparaisse en octobre dernier, juste après que je lui eus prêté cent mille dollars.

– Il est abominable ! renchérit Lois avec enthousiasme. Un vrai cloporte ! Si j'étais à votre place, je fuirais pour sauver ma peau.

– Je peux tout t'expliquer, Stella, plaida Cody. Je t'en prie.

– Je croyais vous avoir entendu dire que Stella était à New York ! dit Pristavec en donnant un coup de poing sur la table.

– Qui êtes-vous, vous ? demanda Stella.

– J'avais l'intention d'investir dans leur film. J'étais sur le point de leur donner un chèque de cinquante mille dollars mais, grâce à cette jeune femme, dit-il en pointant le doigt vers Abigail, je me rends compte qu'il y a de meilleures façons de dépenser mon argent.

Des gémissements étouffés s'échappaient des lèvres de Dean.

– Je veux mon argent, Cody ! dit Abigail avec rage. Ma grand-mère Ethel est assise là-bas, poursuivit-elle en désignant la table. Tu savais qu'elle m'avait donné cet argent pour acheter un appartement ! Elle a travaillé dur pour l'économiser sou par sou.

– J'ai travaillé dur moi aussi pour gagner mon argent, s'exclama Pristavec. Quand je pense que j'allais en donner à ces deux guignols !

– Holà ! s'écria Dean. Ne me mettez pas dans la même catégorie que cet individu !

– Alors, pourquoi travaillez-vous avec lui ? demanda Pristavec. Si vous prenez comme partenaire un individu dont vous savez que c'est un tricheur, c'est que vous l'êtes aussi.

– Nous avions déjà écrit le scénario quand il a été…

– Quand il a été quoi ? voulurent savoir Abigail et Stella d'une même voix.

– Jeté en prison, enchaîna derrière elles une voix masculine.

L'inspecteur Nelson et son collègue, Vormbrock, arrivaient. Nelson portait une sacoche en nylon noir.

– Jeté en prison pour quel délit ? demanda Stella d'une voix grinçante.

– Nombreuses contraventions impayées, permis de conduire périmé, absence à une convocation du tribunal. Il a passé soixante jours en prison dans le Texas. Il en a été libéré juste avant Noël.

Voilà qui explique sa disparition, pensa Regan.

– Permettez-moi de nous présenter. Inspecteur Nelson, de la police de Los Angeles, et mon collègue l'inspecteur Vormbrock. Lequel d'entre vous est Dean Puntler ?

– Moi, dit Dean en levant timidement la main.

– Voici votre sacoche avec tous vos papiers importants. Je suis heureux que l'un de nos agents l'ait retrouvée dans la rue.

– Mais… elle avait été volée dans ma voiture ! dit Dean en hochant la tête d'un air incrédule.

– En tout cas, la voilà. J'aimerais avoir une petite conversation avec Cody et vous quand vous aurez fini le dessert. C'est vous Cody, sans doute ? ajouta Nelson en tapant sur le bras de Cody.

Cody acquiesça d'un imperceptible signe de tête.

– Pourquoi voulez-vous leur parler ? demanda Pristavec.

– Un homme dont ils sollicitaient l'accord pour investir dans leur film a été assassiné.

– Assassiné ? hurla Kicky.

– Assassiné ? sanglota Stella.

– Assassiné ! répéta Abigail avec véhémence.

– Assassiné ! cracha Lois d'un ton haineux.

– Je n'ai pas assassiné cet homme ! protesta Cody dont le visage virait au cramoisi. Je dois de l'argent à Abigail, je me conduis quelquefois comme un imbécile, d'accord, mais je ne suis pas un criminel !

Gloria était assise au bar, non loin de la table où se trouvaient Dean et Cody. Je suis ravie de ne pas avoir manqué cela, se dit-elle en quittant son tabouret pour se rapprocher du centre de l'action. Comme tout le reste de la salle, elle n'avait d'yeux et d'oreilles que pour l'incroyable algarade. Gloria n'en revenait pas que l'actrice qu'elle avait vue l'après-midi même au cabinet du docteur se trouve mêlée à ce tapage. Le Dr. Cleary avait des patients souvent intéressants...

– Le soir où nous vous avons rencontré, je savais que vous étiez capable de tout ! s'écria Lois qui écumait de rage en dardant sur Cody un regard furieux. J'avais bien dit à Abigail qu'elle n'aurait jamais dû vous accorder une minute !

Gloria se retourna pour voir la femme qui venait de donner libre cours à ses sentiments haineux. Cette voix, cette négativité lui étaient familières. Celle qui les exprimait était celle qui portait des gants.

– Oh, taisez-vous donc ! éclata Dean. Dès le moment où on vous a vue, vous avez été insupportable ! Regardez ça, toujours avec des gants ! Vous au moins, poursuivit-il en se tournant vers Kicky, vous êtes normale. Cette fille est folle !

– Comment osez-vous ? s'exclama Pristavec. Pourquoi inclure Kicky dans cet étalage des fourberies humaines ?

– Elles sont toutes les deux actrices pour les mains, répondit Dean avec un geste évasif.

– Ah, vous aussi ? demanda Kicky en regardant Lois.

– Oui.

– Qui est votre agent ?

– Allons, Kicky, ce n'est pas le moment de parler de ça, dit Pristavec.

– Excuse-moi, Thomas.

– Vous n'avez pas répondu à sa question, intervint Dean en lançant à Lois un regard étincelant de fureur.

– Ça ne vous regarde pas, répliqua-t-elle sèchement.

– C'est Kicky qui vous la posait, pas moi. Pourquoi ne lui dites-vous pas qui est votre agent ?

C'est incroyable ! pensa Gloria. Je sais qui c'est, la femme aux gants. Ce ton geignard et agressif, je le reconnaîtrais entre mille. Ses cheveux ne sont pas de la même couleur, mais je suis sûre que c'est elle. Gloria tira Nelson par le bras et lui murmura à l'oreille…

Nelson l'écouta en regardant droit devant lui.

– Si vous avez d'aussi belles mains, pourquoi ne pas nous les montrer ? insista Dean. Je parie que les vôtres ne sont pas aussi belles que celles de Kicky.

– Vous me rendez malade, répliqua Lois d'un air dégoûté.

– Allons, l'encouragea Nelson. Enlevez vos gants et montrez-lui comme vos mains sont belles. Si vous avez des mains aussi superbes, vous devriez aimer les montrer. Ce serait absurde d'attendre que vous soyez prête pour le cimetière de Pearly Gates…

En se retournant vers Nelson, Lois reconnut la femme à côté de lui. Elle pivota sur ses talons et partit en courant.

Elle n'alla pas très loin.

61

– Qu'est-ce que veut dire tout ce remue-ménage ? s'écria Ethel. Mugs, pousse-toi, laisse-moi sortir. Je veux aller voir ce qui se passe.

Dans sa tentative de fuite, Lois bouscula un serveur portant un plateau de cocktails tropicaux. Des tranches de pêches, des fraises et des liquides sirupeux et multicolores volaient dans tous les sens. Lois trébucha, Nelson la rattrapa par un bras alors qu'elle tombait.

– Pourquoi êtes-vous aussi pressée ? lui demanda-t-il.

Elle ne lui répondit que par un regard incendiaire.

– Nous allons devoir vous arrêter pour scandale dans un lieu public. Mais il va falloir enlever ces gants pour vous passer les menottes.

Dean enjamba Cody pour sortir de la stalle.

– Je ne veux pas rater ça !

– Regan, je n'en peux plus, murmura Abigail.

Lois enleva ses gants en pleurant. Elle avait les mains rugueuses et couvertes de rougeurs, les ongles rongés jusqu'au sang, le dessus de sa main droite zébré par une cicatrice pourpre.

Pas étonnant qu'elle ait eu besoin de cette lotion, pensa

Ethel. Voyez ce qui arrive quand on ne s'en sert pas pendant deux jours, les rougeurs reviennent tout de suite.

– Alors, qui est votre agent ? ricana Dean. Laquelle des mains s'appelle Meryl et l'autre Angelina ?

– Bouclez-la ! cria Lois. J'espère que votre film ne sera jamais produit ! Je suis désolée, poursuivit-elle en se tournant vers Abigail. J'ai commencé à porter des gants quand je me suis blessé la main, il y a deux ans. Quelqu'un m'avait demandé si mes mains servaient pour la publicité. J'ai dit oui, j'ai continué. Au début, c'était amusant…

Abigail la fixait d'un regard incrédule.

– Mais alors, comment gagnes-tu ta vie ?

– Je fais des ménages…

– Chez des personnes de moins de quatre-vingts ans ? demanda Nelson d'un ton sarcastique. J'en doute. J'ai hâte d'apprendre à quoi vous occupez vos loisirs à part, bien entendu, accompagner tous les week-ends des personnes âgées sur la tombe de leur conjoint. Allons-y. Au fait, ajouta-t-il à l'adresse de Dean, si un jour vous écrivez vous-même un scénario, j'y jetterai un coup d'œil avec plaisir.

Le pouce levé, Dean le remercia d'un large sourire.

La salle entière resta médusée pendant que Lois était menottée et entraînée vers la sortie par Nelson et Vormbrock.

Ce fut Cody qui brisa le silence :

– Pardonne-moi, Abigail. Je te rembourserai demain, je te le promets. Je demanderai l'argent à ma mère. Elle cherche tout à coup à faire des efforts pour compenser ma pitoyable enfance.

– Je m'en vais ! cria Stella, qui tourna les talons et fit une sortie théâtrale.

Ethel rejoignit promptement Abigail et posa sur ses épaules un bras protecteur.

– Qui c'est, celui-là ? demanda-t-elle.

– Cody, grand-mère. Je lui ai prêté l'argent que tu m'avais donné pour acheter une maison et il a disparu. Je n'osais pas te le dire…

– Ce ne sont pas des façons de traiter ma petite-fille ! déclara Ethel en assenant à Cody une gifle magistrale.

– Je sais, madame. Je suis désolé. Je la rembourserai demain, je le promets.

– Vous n'êtes qu'un propre-à-rien !

– Pardonne-moi, grand-mère. Je n'aurais jamais dû…

– Non, ma chérie, tu n'aurais jamais dû, dit Ethel en embrassant Abigail sur la joue. Mais nous faisons tous des erreurs. Tu en as assez subi comme cela pour aujourd'hui. Retournons à notre table et commandons le dîner, je meurs de faim ! Je n'ai jamais dîné aussi tard.

– Tu es prête à dîner ? demanda Abigail à Regan.

– Tout à fait prête, répondit Regan en souriant. Maintenant, nous pouvons vraiment fêter ton anniversaire.

Ethel et Abigail reprirent bras dessus bras dessous le chemin de leur table.

– Je me souviens du jour de ta naissance comme si c'était hier, ma chérie, disais Ethel. Cela avait beau être un vendredi 13, nous étions tous aux anges…

Regan se tourna vers Cody, qui fuyait son regard.

– Vous avez dit que vous rembourseriez Abigail, je sais. Mais je suis un peu moins confiante qu'elle. Donnez-moi les coordonnées où l'on peut vous contacter, je vous prie.

Dean sortit sa carte et la lui tendit :

– Voici mon téléphone et mon adresse. Je veillerai personnellement à ce que Cody rembourse Abigail jusqu'au dernier sou.

Regan prit sa carte avec celle de Cody avant de se détourner. Son regard croisa alors celui de la femme, encore bouche bée, qui avait identifié Lois et assisté à toute la scène.

– Voulez-vous dîner avec nous ? lui demanda-t-elle. Nous avons une place libre à notre table.

– Avec le plus grand plaisir ! se hâta de répondre Gloria.

– Allez-y, je vous rejoins dans deux minutes. Mais je voudrais d'abord appeler mon mari.

Mercredi 14 janvier

62

Nombre de détails sordides concernant Lois apparurent au grand jour dès le lendemain matin. Regan et Abigail sirotaient leur café dans la cuisine de Brennan lorsque l'inspecteur Nelson appela pour les tenir au courant.

– Vous n'avez pas d'objection à ce que je branche le haut-parleur ? demanda Abigail.

– Aucune. Et installez-vous bien, cette femme avait beaucoup à dire. Elle doit espérer obtenir la clémence du tribunal.

Assises l'une en face de l'autre, Regan et Abigail écoutèrent le catalogue des ignobles agissements de celle qu'Abigail avait considérée comme une amie.

Lois usait de divers pseudonymes et d'autant de déguisements. Une variété de perruques, de vêtements et de maquillages avaient été découverts dans le coffre de sa voiture. Elle jouait ces rôles différents afin de gagner la confiance de personnes âgées, à qui elle offrait de faire leur ménage, de les conduite en voiture ou de les aider à tenir leurs comptes et payer leurs factures. Leur confiance acquise, elle vidait leur compte en banque et reprenait ailleurs le cours de ses méfaits.

Quand Lois avait appris que Nicky Tendril était millionnaire, elle avait épié ses activités une quinzaine de jours et l'avait même suivi deux dimanches de suite au cimetière de Pearly Gates. Le dimanche suivant, elle l'avait attendu au cimetière et s'était présentée à lui pendant qu'il se recueillait sur la tombe de sa femme. Elle lui avait dit que sa mère était enterrée en Pennsylvanie et qu'elle ne pouvait donc pas se rendre très souvent à sa tombe. Parce qu'elle en souffrait, elle allait tous les dimanches à Pearly Gates marcher entre les tombes en priant pour tous les défunts, sa mère en particulier.

Lois était jalouse d'Abigail. Bien qu'Abigail lui ait dit être victime d'un mauvais sort, Lois jugeait qu'elle avait une vie beaucoup plus facile que la sienne. Quand elles sortaient ensemble, c'était toujours Abigail qui attirait l'attention des garçons. Abigail aimait son métier, elle s'amusait pendant les tournages et avait des amis. Elle n'avait pas besoin de dissimuler qui elle était en réalité. Frustrée de se sentir toujours délaissée par la chance, Lois posait exprès des pièges à Abigail pour la déstabiliser. Ainsi, elle avait fait appeler Abigail pour lui dire que des matelas devaient être livrés à une maison qu'elle gardait au moment où elle savait qu'Abigail cherchait désespérément Cody et que chaque minute comptait. Mais le plus étonnant de tout, c'est l'identité de l'homme qui avait passé le coup de téléphone.

– Qui était-ce ? l'interrompit Abigail.

– Un individu du nom d'Oscar. Le patron de votre amie Kaitlyn.

Bouche bée, Abigail secoua la tête et écouta la suite.

Le numéro d'Oscar était enregistré dans la mémoire du téléphone de Lois et les relevés indiquaient qu'ils s'appelaient plusieurs fois par jour. Lois avait fait sa connaissance en allant à l'établissement d'Orange Grove avec Abigail. Elle ne voulait évidemment pas manquer cette occasion de visiter un endroit où trouver des personnes âgées vulnérables. Dès leur première rencontre, Lois et Oscar s'étaient senti des atomes crochus. La police enquêtait maintenant sur le passé d'Oscar et l'éventualité de dossiers d'indemnisation frauduleux soumis par Orange Grove aux organismes d'assurances sociales.

Oscar était avec Lois chez Jimbo le soir où Lois avait reconnu Cody. Il lui avait dit de ne pas se donner la peine d'en aviser Abigail.

Mais le plus important, c'est que Lois avait avoué le meurtre de Nicky Tendril, bien qu'elle ait affirmé que ce n'était qu'un accident. Ayant garé sa voiture près de l'appartement de Nicky, elle avait été stupéfaite de voir Dean en sortir, suivi peu après de Cody. Après leur départ, Lois était entrée. Nicky était énervé et inquiet, mais elle l'était aussi. Ils étaient tous deux à la cuisine. Elle avait demandé à Nicky pourquoi les deux hommes sortaient de chez lui. Il avait balayé sa question d'un geste de la main en lui disant que cela ne la regardait pas. Lois était venue afin de prendre les cinq mille dollars qu'elle était censée utiliser pour payer la nouvelle pierre tombale de sa femme. Elle s'était emparée de l'enveloppe de billets posée sur le comptoir et la mettait dans son sac quand Nicky avait éclaté : « Tout le monde en veut à mon argent ! » s'était-il écrié en agrippant le sac.

Lois l'avait repoussé. Elle jurait de ne pas avoir voulu le tuer.

Regan et Abigail échangèrent un regard.

– Pauvre Nicky, dit Abigail.

– Encore une chose, Abigail, poursuivit Nelson. Ce n'est pas Nicky qui avait écrit « sorcière » sur votre photo.

Abigail garda un instant le silence.

– Je suis vraiment heureuse de l'apprendre, dit-elle à mi-voix.

63

Pour la deuxième soirée consécutive, Regan, Abigail et Kaitlyn se retrouvèrent dans l'appartement de Mugs. Elles étaient réunies dans le living pour célébrer l'heureux aboutissement des âpres négociations entre Mugs et Ethel sur le prix d'achat de l'appartement et aussi porter un toast au fait que Cody avait réellement remboursé le prêt d'Abigail. Sa mère lui avait câblé la somme. En vacances en Floride, elle s'était arrangée pour sauver d'urgence la situation. Abigail et Regan avaient rejoint Cody dans le parking d'un supermarché où il devait leur remettre un chèque certifié. Abigail n'avait pas pu s'empêcher de lui demander ce qu'il advenait du film. Pristavec ne s'était finalement pas désisté, parce que Dean lui inspirait de la sympathie – mais aussi parce qu'il avait déjà préparé sa grande soirée de projection du film en avant-première. Mais Dean et Cody allaient devoir se dépêcher de trouver une nouvelle star. Stella était déjà repartie pour New York.

Fière d'avoir reconnu Lois, Gloria était elle aussi de la fête.

Walter avait été convié à se joindre aux dames ce soir-là et se pavanait dans toute sa gloire.

– J'étais sûr qu'en organisant cette réunion, nous réussirions à trouver quelque chose d'utile pour la police. Je regrette seulement de ne pas avoir été au Polo Lounge pour assister au dénouement.

– C'était quelque chose ! dit Mugs. Quand ces deux policiers sont arrivés, je n'en croyais pas mes yeux. Et Abigail les connaissait ! Incroyable, je vous dis. Incroyable !

– Je ne comprends toujours pas pourquoi tu ne nous a pas dit hier que ton ami avait été assassiné, lui dit Ethel.

– Voyons, Ethel ! répondit Mugs. Je ne t'avais pas revue depuis si longtemps et c'était l'anniversaire d'Abigail. C'était une histoire trop triste, je ne voulais pas commencer par te la raconter…

Kaitlyn était en état de choc au sujet de son patron.

– Je disais hier soir que j'avais eu une rude journée au travail. Vous auriez dû voir comment ça s'est passé aujourd'hui ! Les agents fédéraux ont envahi toute la maison.

Regan observait Abigail. Après tout ce qu'elle a subi, pensa-t-elle, elle paraît enfin en paix. Cet appartement sera parfait pour elle.

Walter et Ethel semblaient s'entendre à merveille. Assis l'un à côté de l'autre sur le canapé, ils riaient, se souriaient. Ils donnaient réellement l'impression d'avoir été touchés par une flèche de Cupidon. Abigail vit le regard que Regan pointait discrètement vers eux et fit un sourire épanoui.

Le téléphone de Regan sonna.

– C'est Jack, dit-elle avant de sortir sur la terrasse et de répondre.

– Bonsoir, toi.

– Bonsoir toi aussi. Tu n'as pas rencontré de folle furieuse aujourd'hui, j'espère ?

– Non, pas une seule.

– Pas de tremblement de terre ?

– Non plus.

– Tu me manques.

– Tu me manques aussi.

– Tu n'as pas décidé de retourner t'installer à Los Angeles, au moins ?

– Non, pas question.

Abigail passa la tête par la porte de la terrasse.

– Dis à Jack que grâce à toi, je ne me sens plus maudite.

– Je vais lui dire, répondit Regan en riant. Jack, tu as entendu ?

– Oui. Alors, maintenant que le mauvais sort d'Abigail est conjuré, es-tu prête à revenir à la maison ?

– Tout ce qu'il y a de plus prête.

– Que dirais-tu de prendre l'avion pour Miami demain ? Nous y resterions le week-end pour profiter un peu du soleil. Il fait encore un temps exécrable à New York.

– Cela me plairait beaucoup.

– Bon. D'ailleurs, j'ai déjà pris ton billet.

– Parfait !

– Tu es sûre de vouloir venir ? Parce que si tu ne débarrasses pas le reste de tes affaires du garage de ta mère avant son retour, tu risques d'être toi aussi victime d'une malédiction.

– Non, Jack ! dit Regan en riant. Je ne serai jamais maudite tant que je serai avec toi.

Trois mois plus tard

64

Dans leur chambre, Regan et Jack se préparaient à se rendre à une soirée de gala au bénéfice de la Fondation pour les œuvres sociales de la police de New York. Luke et Nora devaient les y rejoindre. Regan se brossait les cheveux quand son téléphone portable sonna.

Elle se leva pour aller prendre l'appareil sur la commode.

– Ah, c'est Abigail ! Je ne lui ai pas parlé depuis un bon moment.

– Je t'en prie, Regan ! dit Jack en ajustant son nœud de cravate. Je t'en supplie, ne réponds pas. Tout était si paisible…

En riant, Regan balaya son objection d'un geste de la main.

– Allô ?

– Regan !

– Salut, Abigail. Comment vas-tu ?

– Dieu merci, je commence à travailler sur un film la semaine prochaine. L'argent de mon indemnité me sert à rénover ma cuisine. Mais il faut que je te dises, la malédiction est revenue !

– Ta malédiction est revenue ? répéta Regan avec étonnement.

Jack se détourna brusquement du miroir. Il fixa Regan des yeux en secouant négativement la tête.

– Raccroche ! articula-t-il en silence.

– Oui, répondit Abigail. Walter et ma grand-mère viennent de se fiancer et elle va s'installer à Los Angeles. L'appartement de Walter est à deux rues du mien.

Regan poussa un soupir qui se termina par un éclat de rire.

– C'est tout ?

– Oui, admit Abigail en riant à son tour.

– C'est une bonne nouvelle. Je suis ravie pour eux.

– Moi aussi. Je n'aurai plus à me tracasser à l'idée qu'elle vienne m'embêter, elle n'en aura plus le temps ! Ils projettent une croisière pour leur lune de miel suivie d'un voyage en Floride pour rendre visite à Mugs et ils veulent ensuite aller aux chutes du Niagara avant la fin de l'année. Ils se conduisent l'un et l'autre comme des adolescents ! J'organise une réunion le mois prochain pour leurs fiançailles. Y a-t-il une chance pour que Jack et toi y veniez ?

– Écoute, Abigail, commença Regan, je ne suis pas sûre… Nous ferons de notre mieux…

– Ce serait merveilleux que vous puissiez être là. Et puis, reprit Abigail après une pause, j'ai rencontré un type sensationnel que je voudrais vous présenter à Jack et toi. Il est parfait à tout point de vue, je le sais. Mais je me sentirais beaucoup mieux si Jack et toi me donniez votre bénédiction.

– Voyons, Abigail, tu as été échaudée, je sais. Mais si tu estimes réellement qu'il est plein de qualités, tu devrais te fier à ton instinct.

– Je sais, Regan. Sauf qu'il y a un problème…

Regan se prépara au pire.

– Lequel ?

– Il a un nom de treize lettres.

REMERCIEMENTS

Grâce à l'aide, au soutien et aux encouragements de tous ceux dont les noms suivent, je ne pourrai jamais me sentir maudite :

Roz Lippel, mon éditrice.

Gypsy da Silva, directrice adjointe de la préparation de copie, Patricia Nicolescu, préparatrice, Joel Van Liew et Steve Friedman, correcteurs.

Kara Watson, directrice éditoriale de Scribner.

Lisa Erwin, chef de fabrication.

Rex Bonomelli, directeur artistique.

Lisl Cade, mon attachée de presse.

Esther Newberg, mon agent.

Ma mère, Mary Higgins Clark, et ma tante Irene Clark.

Un grand merci à vous tous !

Du même auteur
Aux Éditions Albin Michel

PAR-DESSUS BORD

L'ACCROC

BIEN FRAPPÉ

SUR LA CORDE

LES YEUX DE DIAMANT

PAS DE VEINE

CHUTE LIBRE

LE COLLIER VOLÉ

FOR EVER

IRISH COFFEE

ZAPPING

En collaboration avec Mary Higgins Clark

TROIS JOURS AVANT NOËL

CE SOIR JE VEILLERAI SUR TOI

LE VOLEUR DE NOËL

LA CROISIÈRE DE NOËL

LE MYSTÈRE DE NOËL

Composition Nord Compo
Impression Floch en février 2010
Éditions Albin Michel
22, rue Huyghens, 75014 Paris
www.albin-michel.fr

ISBN 978-2-226-20827-9
N° d'édition : 18892/01
Dépôt légal : mars 2010